Obra de Gabriel García Márquez
1972

La increíble y triste historia
de la cándida Eréndira y de su abuela desalmada

〔哥伦比亚〕加西亚·马尔克斯 著
陶玉平 译

世上最美的溺水者

新经典文化股份有限公司
www.readinglife.com
出 品

目 录

1　巨翅老人

15　逝去时光的海洋

47　世上最美的溺水者

59　超越爱情的永恒之死

75　幽灵船的最后一次航行

87　出售奇迹的好人布拉卡曼

103　纯真的埃伦蒂拉和她残忍的祖母令人难以置信的悲惨故事

雨下到第三天，他们已经在家里杀死了太多螃蟹，佩拉约不得不穿过被水淹没的院子把死螃蟹扔到海里去。刚出生的孩子整夜都在发烧，大家觉得这和死螃蟹的恶臭有关系。从星期二开始，这个世界就一直凄凄切切的。天空和大海全都灰蒙蒙的，海滩上的沙子在三月里还像燃烧的灰烬一样闪闪发光，现在则变成了混着腐臭海产的烂泥汤。佩拉约扔完螃蟹回来，在中午惨淡的阳光下，费了好大劲儿也没看清是什么东西在他家院子那头动来动去，还发出哼哼唧唧的声音。他走到很近的地方才发现那是个老人，脸朝下趴在烂泥里，不管怎么使劲儿也站不起来，碍事的是他那对巨大的翅膀。

佩拉约被眼前噩梦般的景象吓坏了,奔去找妻子埃莉森达,后者正在给生病的孩子做冷敷,他把她拽到院子那头。两人目瞪口呆地看着那具倒在地上的躯体,那人穿得破破烂烂,光秃秃的脑壳上只剩几缕白发,嘴里的牙齿也所剩无几,看上去够当曾祖父了,但那副可怜巴巴、浑身湿透的模样实在撑不起一丝尊严。他那对兀鹫一般巨大的翅膀脏兮兮的,毛也掉了不少,陷在烂泥中拔不出来。佩拉约和埃莉森达仔细观察了一会儿,很快摆脱了惊恐,最后竟觉得这老人似曾相识。于是,他们鼓起勇气和他说话,老人回以一口谁也听不懂的方言,嗓音倒很像水手。就这样,他们忽略了那对麻烦的翅膀,得出一个结论:他一定是哪艘外国轮船被风暴掀翻后孤身流落至此的幸存者。不过,他们还是叫了一位据说通晓生死之事的女邻居过来,这位只看了一眼,便揭开了谜底,让他们恍然大悟。

"这是一位天使。"她告诉他们,"肯定是为孩子的事来的,只不过他太老了,被这场雨打落在地上。"

第二天,所有人都知道了佩拉约夫妇在家里逮住了一位有血有肉的天使。按照那位无所不知的邻居的说法,这个时代的天使都是一场天庭叛乱中逃亡的幸存者，夫妻俩不以为然，并没有想去操根棍子了结他。佩拉约一下午都在厨房里守着他，手里还拿着根警棍，上床睡觉前，他把他从烂泥里拖出来，和一群母鸡一起关在围着铁丝网的鸡窝里。半夜雨停的时候，佩拉约和埃莉森达还在抓螃蟹。不久，孩子醒了，烧也退了，还想吃东西。于是，夫妻俩慈悲心大发，决定把天使送上一艘木筏，上面放上三天的淡水和食物，让他在外海自生自灭。可是，天刚破晓，他们来到院子里，看见左邻右舍全都聚集在鸡窝前，毫无敬意地戏弄着天使，还从铁丝网的窟窿眼往里面扔吃的，就好像他并不是超自然的造物，而是马戏团的动物。

贡萨加神父也被这离奇的消息惊动了，不到七点钟就赶了过来。比起天刚亮那会儿，这时来围观的人们要沉稳许多，他们对被囚的天使接下来的命运做了各种猜测。一些头脑简单的人觉得他会被任命为世界头领，另外一些生性粗鲁的人则认为他会被提拔为五星将军，所向披靡，还有一些想入非非的人希望把他当作一头种畜留下来，在地球上繁衍出长翅膀的智慧人种，负责管理宇宙。然而，贡萨加神父在从事神职之前是个粗鲁的樵夫，他隔着铁丝网看了看，在心中迅速温习了一遍教义问答,便要求打开鸡窝门,让他可以走近一些看看那个可怜的家伙,在一群迷迷糊糊的母鸡当中,他看上去更像是一只个头巨大的老母鸡。他躺在一个角落里,在阳光下张开翅膀晾晒,身旁是早起的人们扔给他的果皮和剩饭。他对人们的不敬无动于衷,当贡萨加神父走进鸡窝用拉丁文向他道早安的时候,他只是抬起老迈的双眼,用他的方言咕哝了一句。堂区神父眼见他听不懂上帝的语言,也不知道向上帝的使者问好,心中升起第一个疑问:这会不会是个冒牌货。接下来神父注意到,他近看太像人类了:浑身散发着恶劣天气带来的臭味,翅膀背面沾着寄生的海藻,较大的羽毛被陆上的狂风吹折了不少,一副可怜相,看不出一丝一毫天使该有的不同凡俗的庄严。于是,神父走出鸡窝,用一句简短的箴言告诫好奇的人们不要因为天真惹祸上身。他提醒大家,魔鬼往往会用一些花哨的手段迷惑那些不警觉的人。他举例说,就像不能依靠翅膀来区分雀鹰和飞机一样,靠翅膀来确认天使更不靠谱。不过,他答应给主教写封信,请主教给大主教写封信,请大主教给教皇写封信,让最高评判机构来做出最终裁决。

他的谨慎没有在人们贫瘠的心灵中引起任何回应。天使被囚的消息迅速传播开来，几小时以后，院子里已经热闹得像个市场，人挤人都快把房子挤塌了，人们不得不喊来一队上了刺刀的士兵维持秩序。埃莉森达为打扫这个市场上的垃圾腰都快累断了，这时她忽然想到一个好主意：把院子围起来，谁要看天使，一律收五个生太伏。

好奇的人们甚至从马提尼克赶过来。一个流动演出队来到这里，带来一个会飞的杂耍演员，他一次又一次在人群上空呼啸而过，但是没人搭理他，因为他的翅膀不是天使的翅膀，而是铁灰色的蝙蝠翅膀。加勒比地区最不幸的病人都到这里来寻医问药：一个可怜的女人从很小的时候就开始数自己的心跳，现在已经数不过来了，一个牙买加人被星星的声音吵得无法入睡，一个梦游症患者每天夜里起来把自己醒着的时候做的东西一一拆散，还有好多病情稍微轻一些的人。在这地震般的大混乱中，佩拉约和埃莉森达累并快乐着，因为不到一周，他们的卧室里就装满了钱，排队等候进场的朝圣者有的甚至来自地平线的另一边。

唯一没有参与这件大事的是天使本人。时间一天天流逝，他在这个借来的小窝里安顿下来，只是人们放在铁丝网周围的油灯和祭祀用的蜡烛地狱般的热焰烤得他头昏脑涨。一开始，人们试图让他吃樟脑丸，据那位无所不知的女邻居说，这是天使们独享的食物。可是天使看都不看一眼。同样，他尝也没尝就拒绝了寻求救赎的人们带来的教皇才能享用的午餐。最后，他只吃茄子泥，人们永远也不会知道这是因为他是天使还是因为他太老了。看起来他唯一拥有的超自然的品质就是他的忍耐力。特别是在最初的日子里，母鸡们在他翅膀里啄来啄去找虫子吃，残疾人拔下他的羽毛碰触自己的缺陷，就连那些最虔诚的人都会朝他扔石子，想让他站起来，看看他的全貌。唯有一次他被人激怒了，那人用给牛犊烙印记的烙铁在他身体一侧烫了一下，因为他好长时间一动不动，人们以为他已经死了。他猛地被惊醒，用没人能听懂的语言咆哮着，两眼含着泪花，他扇了两下翅膀，鸡粪和尘土开始旋转，刮起一阵世上少见的可怕狂风。虽然很多人认为他这种反应不是出于愤怒，而是因为疼痛，但从那以后，大家会留心不去惹恼他，因为大多数人都明白了，他的逆来顺受并不属于一位安度暮年的英雄，而是在酝酿一场灾变。

在对这个囚徒本质的最终裁定下来之前,贡萨加神父苦口婆心,独自面对轻浮的大众。然而,从罗马来的信件根本没有紧急的概念。他们议论着这家伙到底长没长肚脐眼,他讲的方言同阿拉米语有没有关系,他是不是能缩小到站在一只别针尖上的程度,或者他会不会干脆就是一个长了翅膀的挪威人,时间就这样过去了。如果不是恰好发生了一件事终止了神父的烦恼,那些慢腾腾的信件你来我往,会一直持续到时间的尽头。

事情是这样发生的:那些天,从加勒比过来的流动演出队各种吸引眼球的节目当中,有一个女人的悲惨节目,她因为不听父母的话变成了一只蜘蛛。这个节目不但门票比看天使来得便宜,还允许人们就那女人荒唐的遭遇对她提各种各样的问题,还可以翻来覆去地检查她,最终谁都不再怀疑这桩惨事的真实性了。这是一只令人望而生畏的大狼蛛,个头有绵羊那么大,却长了一个愁苦的女孩的脑袋。然而最令人心碎的还不是她那稀奇古怪的模样,而是她向人们详述她的悲惨遭遇时那真诚的痛苦语气。很小的时候,她从父母家里悄悄溜出去参加一场舞会,在没有得到准许的情况下跳了一夜舞,之后她穿过一片树林回家,一声可怕的霹雳把天空劈成了两半,从那道裂缝里蹿出一道带着硫黄气味的闪电,一下子就把她变成了蜘蛛。慈悲心肠的人们有时会把肉丸塞进她嘴里,那是她唯一的食物。这个节目让人感觉如此真实,又有这样可怕的教训,打败那倒霉的天使是迟早的事,后者甚至不肯屈尊看人们一眼。此外,为数不多能归到天使头上的奇迹表明他脑子似乎有点儿不对劲儿。比方说,一个人眼睛瞎了,他没能恢复视力,却长出了三颗新牙;一个人瘫痪了,没能站起来走路,买彩票却差点儿赢了大奖;还有个麻风病患者的伤口居然长出了几株向日葵。这些抚慰人心的奇迹更像是嘲弄人的玩笑,原本就已经让天使的尊荣地位摇摇欲坠,变成蜘蛛的女孩则将他的这种地位彻底终结。就这样,贡萨加神父的失眠症痊愈了,佩拉约家的院子重又变得冷冷清清,和以前连下三天大雨螃蟹就会在卧室里横行的日子没什么两样。

这房子的主人没什么可抱怨的。靠着卖票赚来的钱,他们盖起了一幢两层的楼房,阳台花园一应俱全,门口砌了高高的台阶,冬天再也不会有螃蟹爬进来,窗户都装了铁栏杆,天使们不可能钻进来。佩拉约还在村子附近建了个养兔场,永远辞去了村警这个倒霉营生;埃莉森达给自己买了一双绸缎高跟鞋,还买了一大堆五光十色的丝绸衣裳,在那个年代,只有最令人羡慕的阔太太们在星期天才会穿这些。唯有鸡窝再也无人关注。有时候他们也会用臭药水把鸡窝冲洗一番,或是拿没药将里面熏一熏,并不是为了向天使表达敬意,而是为了去除粪臭,那臭味像幽灵一样在每个角落里游荡,新房子也被弄得像旧房子了。一开始,孩子学走路的时候,他们还十分小心,不让孩子离鸡窝太近。到后来,他们慢慢淡忘了恐惧,对这种气味也习以为常了,孩子在开始换牙之前常常钻进鸡窝里玩耍,鸡窝的铁丝网早已朽烂,一片一片脱落下来。天使对孩子并不比对其他人更和颜悦色,但能温顺地忍受孩子最天才的恶作剧,像一条无精打采的狗。他们俩同时感染了水痘。给孩子看病的医生没能克制住诱惑,用听诊器给天使也听了听,结果在心脏里听到呼呼的声音,在肾脏里听到许多杂音,他还活着简直不可思议。医生认为最神奇的是，他那对翅膀长得十分合理，在完全是人的肌体上显得那么自然，让人觉得别的人没长翅膀反倒难以理解。

后来，孩子去上学了，天长日久，日晒雨淋，鸡窝早已变得破烂不堪。天使拖着身子爬到这里，爬到那里，像只没有主人的垂死的动物。刚用扫帚把他从卧室里赶出去，转眼他就又出现在厨房里。他似乎能同时出现在好几个地方，人们开始想，这家伙是不是会分身术呀，能在房子里每个地方都复制出一个自己来。埃莉森达终于失去了耐心，她失态地大叫，说住在这个到处都是天使的地狱里简直是种厄运。天使几乎已经吃不下什么东西了，昏花的老眼变得十分浑浊，挪动的时候经常撞到柱子，翅膀上只剩下最后几根光秃秃的羽毛杆。佩拉约扔了块毯子给他，又发了善心让他在畜棚过夜，这时他们才发现他整夜都在发高烧说胡话，那些话很像是古挪威语。他们感到吃惊，这很难得，因为他们想到，他快死了，就连那个无所不知的女邻居也没告诉过他们，该拿死掉的天使怎么办。

然而，天使不但度过了难挨的冬天，到了太阳开始露面的日子，他甚至好了起来。一连好多天，他躺在院子尽头一个谁也看不到的角落里，一动不动，到了十二月初，他的两只翅膀上长出了羽毛，又大又硬，就是那种又老又丑的大鸟的羽毛，倒像是又遭遇了一场横祸。但他肯定知道这些变化的原因，因为他非常小心不让人注意到自己的变化，不让人听见自己偶尔在星光下唱水手的歌。一天上午，埃莉森达正在厨房里切洋葱准备做午饭，一阵风从海上吹了进来。她从窗户探出头去，吃惊地看见天使试图飞起来。他动作笨拙，趾甲在菜园里刨出了一道深沟，难看的翅膀在阳光中滑行，在空气里找不到依托，差点儿撞翻畜棚。但他终究飞了起来。看见他越过了最后几幢房屋，不顾一切地扇动着他那对老兀鹫般的大翅膀，不让自己掉下来，埃莉森达松了口气，为她自己，也为天使。她就这样看着他，直到切完了洋葱，直到什么也看不见了，因为从这一刻起，他不再是她生活中的累赘，而变成了海平面上一个令人遐想的点。

一九六八年

逝去时光的海洋

El mar del tiempo perdido

一月份快过完的时候,大海通常会变得躁动不安,海水会给小镇灌入厚厚一层垃圾,几个星期之后,小镇的一切都会感染上大海的坏脾气。从这时起,世界变得没有意义,八点钟以后,小镇上就没有还醒着的人了,这种情形至少要持续到十二月。但在赫伯特先生来的那一年,大海的脾气没有变坏,一直到二月里还是老样子。与往年不同,海面日益平静,波光粼粼,在三月的头几天夜里,大海散发出阵阵玫瑰花的香气。

托比亚斯闻到了。他的血有股甜味,很合螃蟹们的口味,因此他夜里大部分时候都在忙着把螃蟹从床上赶走,直到风向改变才能睡上一会儿。在漫长的失眠时段里,他学会了分辨空气中的各种变化。所以,闻到玫瑰花的香气时,他不必开门就知道那是大海的气味。

他起床晚了。克洛蒂尔德正在院子里生火。凉风习习,满天星斗各就其位,不过,由于海面上跳动的点点亮光,很难数清楚到海天交接处共有多少颗星星。喝完咖啡,托比亚斯的舌尖捕捉到一丝昨夜的味道。

"昨天夜里,"他回忆道,"出了件非常奇怪的事儿。"

克洛蒂尔德当然什么都没闻见。她睡得太死,连做了什么梦都记不得了。

"那是一种玫瑰的香味,"托比亚斯说,"我敢肯定是从海上飘过来的。"

"我不知道玫瑰花是什么味儿。"克洛蒂尔德答道。

她说的很可能是真的。这个镇子很贫瘠,板结的土地被盐碱割裂成一块一块的,只是偶尔会有人从别的地方带过来一束鲜花,又把花从平日里扔死人的地方扔进大海。

"和瓜卡马亚勒那个淹死的人发出的气味差不多。"托比亚斯说。

"好吧,"克洛蒂尔德微微一笑,"要是那味儿真的不错,你就可以肯定它不是从海上飘过来的。"

的确，这里的大海对人很残酷。在某些季节，渔网只能网住漂来漂去的垃圾，而与此同时，潮水退去后，镇上的大街小巷都堆满了死鱼。用炸药只能炸起那些很久以前的失事船只的残骸。

留在镇上的几个女人，比如克洛蒂尔德，正没好气地做着饭。像她一样，老雅各布的妻子这天早晨起得比平日早一点儿，把家里收拾停当之后，带着满脸晦气坐下来吃早饭。

"我此生最后一个愿望，"她对丈夫说，"就是请你们把我活埋了。"

这话说得就好像她躺在病床上即将死去一样，其实她正坐在餐厅里的餐桌一头，三月的阳光从几扇大窗户涌进来，照亮了屋里的每个角落。老雅各布安静地坐在她对面吃饭，他曾经那么爱他的妻子，但很长时间以来，他已经想不出他的痛苦有哪一件不是源于妻子。

"我想在死前确保自己能入土为安，像个体面人那样。"她接着说道，"而要确保这一点，唯一的办法就是去求别人发发善心，把我活埋了。"

"你不需要去求任何人。"老雅各布说这话时异常平静,"我自己带你去就行了。"

"那咱们现在就走吧。"她说,"因为我很快就要死了。"

老雅各布仔细打量了她一番。她身上只有两只眼睛还保留着年轻时的活力。她的关节长了硬块,面容就像被烧焦的土地,说到底,她早就这样了。

"你这会儿比以往任何时候都好。"他说。

"昨天夜里,"她叹了口气,"我闻见了玫瑰花的气味。"

"你不用担心,"老雅各布安慰她,"这种事对我们穷人来说太平常了。"

"不是那么回事儿。"她说,"我总是希望有人提前告诉我我的死期,这样我才能死得离这片大海远点儿。在这个镇子上,玫瑰花的香味只可能是上帝的一种通知。"

老雅各布能够想到的只有请她给他点儿时间把事情安排妥当。他听别人说过,人不是该死的时候才死,而是想死的时候就会死,他是真的对妻子的预感上了心,甚至问过自己,真到了那个时刻,自己有没有勇气活埋她。

九点钟,他把曾经是家小店的那间屋子的门打开,在门口放了两把椅子,又放了张小桌,上面摆了副棋盘,整个上午他就在那里和偶尔路过的人下棋。从他坐的地方能看见镇上破败不堪的景象,房屋破破烂烂,墙上的旧涂料在阳光剥蚀下所剩无几,街道尽头是一湾海水。

吃午饭之前,他照例和堂马克西莫下了会儿棋。老雅各布想不出比此人更像样的对弈者了——经历了两次内战却毫发未损,在第三次内战中仅仅失去了一只眼睛。他故意输给他一盘,好留他再下一盘。

"跟我说说,堂马克西莫,"他这样问道,"您能下手把您的妻子活埋了吗?"

"当然能了。"堂马克西莫回答道,"相信我,到时候我连手都不会抖一下。"

老雅各布吃惊得半晌没有说话。在被吃掉几颗最好的棋子之后,他叹了口气:

"看起来,佩特拉活不了多久了。"

堂马克西莫·戈麦斯面不改色。"这样的话,"他说,"您就不需要活埋她了。"他吃掉两个棋子,又让自己的一个兵升变成后,然后用一只悲伤潮湿的眼睛盯着他的对手。

"您这是怎么啦?"

"昨天夜里,"老雅各布解释道,"她闻到了玫瑰花的香味。"

"那半个镇子的人都快死了。"堂马克西莫·戈麦斯说,"这一上午就没听见有人讲点儿别的。"

老雅各布费了老大劲儿才又输给他一盘还没得罪他。他没管桌椅,关上小店的门,出去溜达,想找到另一个闻到那气味的人。最后,只有托比亚斯确定自己闻到了。因此他邀请托比亚斯假装不经意路过他家,开导开导他的妻子。

托比亚斯答应了。四点钟,他打扮得像是要出门做客一样,出现在老雅各布家的走廊上,老雅各布的妻子一下午都在那里为丈夫缝制鳏夫穿的衣服。

他进来时悄无声息,女人吓了一跳。

"上帝啊,"女人大叫,"我还以为是天使长加布列尔来了呢。"

"您弄错了。"托比亚斯说,"是我,我来是想告诉您一件事。"

女人扶了扶眼镜,继续埋头做针线活儿。

"你要说的事我早就知道了。"她说。

"我敢打赌您并不知道。"托比亚斯说。

"你是想说昨天夜里你闻到玫瑰花的香味了。"

"您是怎么知道的？"托比亚斯有点儿沮丧。

"到了我这个岁数，"女人说，"有的是时间思考，到头来都会变成算命的。"

老雅各布一直把耳朵贴在隔墙上，这时他挺直了身子，满脸羞愧。

"你怎么想，老婆子？"他隔着墙喊道，接着拐过墙角，出现在走廊上，"所以说，事情并不像你想的那样。"

"是这个小伙子在说谎。"女人说这话时头都没抬，"他什么也没闻到。"

"那是差不多十一点钟的事儿，"托比亚斯说道，"我当时正在摔螃蟹。"

女人缝好了衣服的领子。

"你在说谎。"女人坚持说道，"谁都知道你说谎了。"她咬断了线头，从眼镜上方看了托比亚斯一眼。"我不明白，你特意抹了头油，把鞋子擦得锃亮，就是为了跑来对我说这样不恭不敬的话吗？"

那天以后，托比亚斯开始关注大海。他把吊床拴在院子的走廊上,整夜整夜地守候,大家都睡着的时候这个世界上发生的事情让他感到惊讶。好多个夜晚,他听见螃蟹在绝望地抓挠,想要顺着柱子爬上来,直到好多天后它们累了,自己放弃了。他知道了克洛蒂尔德是怎么睡觉的。他发现她那笛声般的鼾声会随着气温升高变得越来越尖锐,最终变成七月令人昏昏欲睡的空气中一个沉闷单调的音符。

一开始,托比亚斯守望大海的方式和那些对大海十分了解的人一样,紧盯着地平线上的某个点。他看着大海改变颜色,看着它暗淡下去,泡沫翻滚着,变得肮脏不堪。大雨倾盆的日子,大海的消化系统被搅得一团糟,它每打一次嗝,就会把一堆垃圾甩上岸来。渐渐地,他学会了像那些最了解大海的人那样守望它,他们甚至不看大海,但哪怕在梦里也记挂着它。

八月里,老雅各布的妻子死了。天亮的时候她死在了床上,人们不得不像对其他所有人一样把她扔进了没有鲜花的大海。托比亚斯还在守望。他已经守了那么长时间,这已经成了他的生活方式。一天夜里,他正在吊床上打盹,忽然觉得空气里有什么东西正在发生变化。那气味一阵一阵地传来,就像当年那条日本船把一船烂洋葱倒在港口那次。过了一会儿，那气味凝固在了那里，直到天亮都没有消散。托比亚斯一直等到它浓得能用手抓一把给人看才从吊床上一跃而下，走进克洛蒂尔德的房间。他一次又一次摇晃她。

"那气味来了。"他对她说。

克洛蒂尔德用手驱赶着那气味，就像扒开蜘蛛网一样，之后才坐起身来，但下一刻又一头倒在了温热的毯子上。

"让它见鬼去吧。"她说。

托比亚斯一个箭步跳到门口，他走到街心，开始大声叫喊。他用尽全身力气喊着，深吸一口气再喊，然后稍停片刻，更深地吸了一口气，大海上，那气味还在。但还是没人回应他。于是他挨家挨户地敲门，连那些没有人住的空房子也敲了一遍，最后，他闹出来的动静和狗叫声混在一起，吵醒了每个人。

很多人都没闻见。但有些人，特别是那些上了岁数的，纷纷走到海边去享受这种香味。这是一股浓重的香气，掩盖了过去的任何一种气味。最后，有些人筋疲力尽，回家去了，但大多数人留在沙滩上继续睡他们的觉。天亮的时候，这气味浓得让人感到呼吸都困难。

托比亚斯几乎睡了一整天。到了睡午觉的时候,克洛蒂尔德也上了床,他们连院门都没关,在床上嬉闹了一下午。他们先是学蚯蚓,后来又学兔子,最后学乌龟,一直闹腾到天黑,世界重又暗下来。空气中仍旧弥漫着玫瑰花的香气。不时有音乐声飘进房间。

"是从卡塔里诺的店里传来的。"克洛蒂尔德说,"一定是有什么人来了。"

来了三男一女。卡塔里诺想到稍后可能会有更多人来,打算把留声机修一修。他自己不会修,便去请潘乔·阿帕雷西多帮忙,这位什么事都肯干,因为他整天没事可做,此外,他还有一个工具箱和一双巧手。

卡塔里诺的店是海边一幢孤零零的木头房子。厅堂很宽敞,放了些桌椅,后头还有几个房间。那三男一女坐在柜台边,一边看着潘乔·阿帕雷西多干活儿,一边静静地喝酒,轮流打着呵欠。

试了好几次之后,留声机一切正常了。听到远远传来的确定无疑的音乐声,人们都停止了交谈,你看看我,我看看你,一时间竟无话可说,因为直到这时他们才意识到,从上一次听见音乐声到现在,大家都老了许多。

已经过了九点,托比亚斯发现没有人去睡觉。人们都坐在自家门口倾听卡塔里诺放的那几张老唱片,神情里满是孩子气的宿命感,就像在看一次日食。每一张唱片都会让他们想起某个已经不在的人、某次久病痊愈后吃的东西的味道,或是多年以前应该马上做但忘了做的某件事。

快十一点的时候,音乐放完了。好多人都上了床,心里想着快要下雨了,因为海面上涌起了一朵乌云。但那朵乌云落了下来,在海面上浮动片刻后沉进了水里,天空只剩星斗。又过了一会儿,风从镇子上吹向大海中央,往回吹的时候带来一阵玫瑰的清香。

"我对你说过,雅各布。"堂马克西莫·戈麦斯高声叫道,"我们又闻到这个味儿了。我敢肯定今后每天晚上都能闻到。"

"上帝不会这么安排的。"老雅各布回应道,"想想我这一辈子,唯有这种气味来得太晚了。"

他们一直在空空荡荡的小店里下棋,没留心去听什么唱片。他们的记忆太陈旧了,以致根本不存在什么唱片能老到可以触动他们。

"我呢,从我这方面来说呢,不太相信这些东西。"堂马克西莫·戈麦斯说,"啃了多少年黄土,多少女人做梦都想有个自己的小院子,种点儿花什么的,最后她们觉得闻到了花的香味,并且信以为真,这没什么好奇怪的。"

"但这是我们用自己的鼻子闻到的呀。"老雅各布说。

"这无关紧要。"堂马克西莫·戈麦斯说,"在战争年代,革命失败之后,咱们多想有一位将军呀,于是就看见了活生生的马尔伯勒公爵。我可是亲眼看见他的,雅各布。"

已经十二点多了。只剩下他一个人了,老雅各布关上小店的门,把灯带进了卧室。透过窗户,借着海面上的波光,他看见了那块礁石,人们就是从那里把死人扔进大海的。

"佩特拉。"他低声呼唤。

她再也不可能听见他的呼唤了。此时,她兴许正在孟加拉湾明媚的正午阳光下贴着水面航行。她也许正抬起头来,就像是从一个玻璃柜里透过海水望见了一艘远洋巨轮。可是她不会再看见她的丈夫了,他此刻在世界另一端,正打算重新听一遍卡塔里诺的留声机唱片。

"你瞧瞧,"老雅各布说,"不过六个月前大家都以为你神经出毛病了,而现在他们自己却在给你带来死亡的气味里寻欢作乐。"

他熄了灯,上了床,眼泪慢慢地流了下来,发出一阵上了年纪的人那种毫无动人之处的哽咽,不过很快他就睡着了。

"如果可以,我一定会离开这个镇子。"他在睡梦中抽泣,"要是兜里能有二十比索,我就他妈的一走了之。"

从那一夜起,连着好几个星期,海面上一直飘着这种气味。它渗进了房子的木头里,就连饭菜和喝的水里都有这种味道,它已经无处不在。很多人被吓坏了,因为他们在自己的粪便散发的热气里都闻到了这种气味。到卡塔里诺店里来的那三男一女星期五走了,但星期六又回来了,引起一阵骚动。到了星期天,来的人更多了。他们到处找地方吃住,大街上挤得走不动。

不断有人来到镇上。镇子变荒凉之后走掉的那些女人又都回到了卡塔里诺的店里。她们更胖了,妆也化得更浓了,她们带来了时新的唱片,但这些唱片不能勾起任何人的任何回忆。过去镇上的一些居民也回来了。他们当年离开是为了去别的地方发财,这次回来谈的都是自己的好运,可身上穿的还是走的时候穿的那身衣服。来的人里有乐手、抽奖的、卖彩票的、算命的、枪手,还有脖子上缠条蛇卖长生不老药的家伙。几个星期里,人们源源不断地涌向这里,直到开始下雨,海水变得浑浊起来,那气味也消失了,人们仍不断涌向此地。

最后到达的人当中有一位神父。他到处转悠,把面包泡在加了牛奶的咖啡里当饭吃。他开始对先他而来的那些玩意儿逐一颁布禁令,诸如彩票、时新的音乐、跳舞的方式,以及新近流行起来的在海滩上睡觉的习惯。一天下午,在梅尔乔家,他发布了关于海上这股气味的训诫。

"我的孩子们,你们应该感谢上天,"他说,"因为这是上帝的气味。"

有人打断了他的话。

"您是怎么知道的,神父,您还没闻到过这味儿呢。"

"《圣经》里早就把这种气味说得很清楚了。"他说,

"我们这个镇子被上帝选中了。"

在这种热闹的气氛中,托比亚斯东晃西晃,像是在梦游。他把克洛蒂尔德带去见识什么叫钱。他们幻想自己在轮盘赌那里下了大注,然后开始计算会挣到多少钱,顿时自觉腰缠万贯。可是,一天晚上,不光他们俩,待在这个镇子上的所有人一起看见了一大笔钱,比他们能想象的还要多得多。

这事儿发生在赫伯特先生抵达的那天晚上。他是突然出现的,在街心摆了张桌子,上面放了两只大箱子,里头满满当当都是钱。这钱太多了,以至于一开始谁都没有特别注意,因为没人相信这是真的。但当赫伯特先生开始摇铃铛时,人们终于相信了,纷纷走过来听他要说些什么。

"我是地球上最有钱的人。"他说,"我的钱已经多到没地方放了。而我的心又特别宽广,我的胸膛里已经装不下了,因此我做出了一个决定:走遍全世界,为人类排忧解难。"

他身材高大,脸色红润,说起话来声音洪亮,毫不停顿,还不时晃动一下他那双温暖无力的手,它们光滑得仿佛刚用剃刀刮过。他一口气讲了一刻钟,休

息了一会儿,又摇响了铃铛,接着讲下去。讲到一半的时候,人群中有人晃了晃帽子,打断了他:

"好了,密斯特[①],别说废话了,赶紧发银子吧。"

"这样发可不行。"赫伯特回道,"这样不明不白地发钱,一是不公平,再者也没有任何意义。"

他用目光搜索到了打断他讲话的人,示意他走近点儿。人群让开了一条路。

"然而,"赫伯特先生继续说道,"现在,这位等得不耐烦的朋友正好提供了一个机会,让我们来解释一下什么才是最公平的财富分配制度。"

他伸出一只手,拉那人上来。

"请问您怎么称呼?"

"帕特里肖。"

"很好,帕特里肖。"赫伯特先生说,"和所有人一样,很久以来,您有一个问题始终没法解决。"

帕特里肖摘下帽子,点了点头。

"是什么样的问题呢?"

"好吧,我的问题是这样的,"帕特里肖说道,"我缺钱。"

---
①原文为英语 Mister,意为"先生",此处采用音译。

"您需要多少钱？"

"四十八个比索。"

赫伯特先生发出一声胜利的欢呼。"四十八个比索。"他重复了一遍，人群报以一阵掌声。

"很好，帕特里肖。"赫伯特先生接着讲道，"现在请您告诉我们一件事：您会做什么？"

"我会做的事太多了。"

"选一件。"赫伯特先生说，"选一件您做得最棒的。"

"那好吧。"帕特里肖说，"我会模仿各种小鸟的叫声。"

又是一阵掌声，赫伯特先生转向人群。

"那么，女士们，先生们，我们的朋友帕特里肖会惟妙惟肖地模仿各种小鸟的叫声，他现在要模仿四十八种不同的小鸟，这样他就能解决掉他人生中那个大问题。"

人们怀着惊奇安静下来，帕特里肖开始模仿各种小鸟。他一会儿发出哨音，一会儿又从嗓子眼里挤出声来，把大家认识的鸟儿学了个遍，为了凑够数，他又学了另外一些谁也不认得的小鸟。最后，赫伯特先生请大家为他鼓掌，并给了他四十八个比索。

"现在,"他说,"请排好队。到明天这个时候为止,我会一直在这里为大家排忧解难。"

老雅各布从经过他家门口的人群的议论中听说了这件新鲜事。每听到一条新消息,他的心脏就膨胀一点儿,越胀越大,好像就要爆裂了。

"您怎么看这个美国佬?"他问道。

堂马克西莫·戈麦斯耸了耸肩。

"兴许是个慈善家吧。"

"要是我也会干点儿什么,"老雅各布说,"我的小问题就能解决了。我要的不多:二十比索就行。"

"您可是下得一手好棋呀。"堂马克西莫·戈麦斯对他说。

老雅各布似乎并没有把这句话放在心上。但当只剩下他一个人的时候,他把棋盘和棋盒用报纸一卷,径直去挑战赫伯特先生。他排队一直排到半夜。最后,赫伯特先生叫人把箱子抬走,说是第二天早上再见。

赫伯特先生并没有去睡觉。他带着那几个抬箱子的人出现在卡塔里诺的店里,人们也带着他们的问题追随他来到这里。他逐个为他们解决了问题,到最后店里只剩下一些女人和几个问题已经解决了的男人。

厅堂另一头，一个无人陪伴的女人正在用广告牌慢慢地扇着风。

"您呢？"赫伯特先生冲她喊了一声，"您有什么麻烦？"

那女人停止了扇广告牌。

"别把我搅和到您的狂欢里，密斯特。"她的声音穿过整个店堂，"我什么麻烦也没有，我是个婊子，我从男人的蛋蛋里挣钱。"

赫伯特先生耸了耸肩，接着喝他的冰啤酒，等着解决新问题，箱子开着，就放在他身边。他一直在出汗。过了一会儿，坐在一张桌子旁边的一个女人起身离开陪伴她的那些人，走过来压低嗓音对他说了几句话。她有个麻烦，需要五百比索。

"您每次收多少钱？"赫伯特先生问她。

"五个比索。"

"您想好了？"赫伯特先生说，"得一百个男人呢。"

"没关系。"女人回答说，"如果能筹到这笔钱，他们将是我这一生中最后一百个男人。"

赫伯特先生打量了她一番。她很年轻，柔柔弱弱的，但眼睛里透出决断的神情。

"那好吧。"赫伯特先生说道,"你到那个小房间里去,我把人给您打发过去,每人五个比索。"

他走出大门,来到街上,摇响了铃铛。早上七点钟的时候,托比亚斯看见卡塔里诺的店门还敞开着。什么声音也没有。只有赫伯特先生半睡半醒,肚子里装满了啤酒,还在往那个女孩的小房间里放人。

托比亚斯也进去了。那女孩认识他,看见他进来吃了一惊。

"您也来了吗?"

"是他们让我进来的。"托比亚斯说,"他们给了我五个比索,还对我说:别耽搁太久。"

女孩从床上扯下湿漉漉的床单,让托比亚斯抓住一头。那床单重得像块帆布。他们抓住两头使劲拧,直到它恢复原来的重量。他们把床垫翻了个个儿,发现另一面也被汗水浸透了。托比亚斯草草了事。出门之前,他往床边越来越高的钱堆上丢了五个比索。

"尽您所能多叫些人过来。"赫伯特先生把事情委托给他,"看看中午之前我们能不能完事儿。"

女孩半掩着房门,要了一杯冰啤酒。还有好几个男人在排队。

"还差多少个呀？"女孩问道。

"还差六十三个。"赫伯特先生答道。

这一整天，老雅各布一直夹着棋盘跟在赫伯特先生身后。天黑的时候，终于轮到他了，他说了自己的麻烦，赫伯特先生答应了。人们在街上摆了张大桌子，上面放了两把椅子和一张小桌子，由老雅各布开局。下到最后一步他才回过神来。他输了。

"四十比索。"赫伯特先生说道，让了他两个棋子。

这局又是赫伯特先生赢了。他的手几乎不碰棋子。他蒙着双眼，猜测对手的走位，还总是他赢。人们最后都看烦了。当老雅各布最终决定认输时，他总共欠下了五千七百四十二比索外加二十三生太伏。

老雅各布面不改色。他把欠的钱数记在一张纸上，装进兜里，又把棋盘卷起来，把棋子装进盒子里，再用报纸包好。

"现在您想拿我怎么办就怎么办吧。"他说，"但请把这些东西给我留下。我向您承诺，我的余生将在下棋中度过，直到凑齐这笔钱还给您。"

赫伯特先生看了一眼钟表。

"我真诚地为您感到遗憾，"他说，"二十分钟之内钱必须结清。"他等了一会儿,直到确定对手无计可施。"您就没点儿别的东西吗?"

"我还有我的名誉。"

"我的意思是说,"赫伯特先生解释道,"用一把脏刷子蘸上油漆一刷就能变颜色的东西。"

"那就是我的房子了。"老雅各布像是在猜谜语,"它不值什么钱,可还算是一幢房子。"

就这样,赫伯特先生拿走了老雅各布的房子。他还拿走了其他一些没能完成诺言的人的房子和家产,但他安排了一个星期的音乐、焰火和走钢丝表演,这些庆祝活动由他亲自主持。

这是值得纪念的一星期。赫伯特先生在演讲中谈到了这个镇子神奇的命运,还描绘了未来的城市,那里有带玻璃幕墙的高楼大厦,还有位于楼顶的舞池。他向人们做了展示。大家都惊奇万分,想在赫伯特先生用彩色颜料画的行人中找到自己,但那些人的衣着太光鲜了,他们没能认出自己来。想到自己在这里住了这么久,大伙儿都有点儿伤心。他们为自己十月时还曾经想哭而感到好笑,他们徜徉在希望的海市蜃楼间,直到赫伯特先生摇响了铃铛,宣布庆祝结束了。

直到这时，这位先生才歇了下来。

"您这么折腾，离死也就不远了。"老雅各布说。

"我有这么多钱，"赫伯特先生说，"没有理由去死。"

他一头倒在床上，睡了一天又一天，打鼾的动静就像是一头狮子。好多天过去了，人们最后都等得不耐烦了。他们不得不挖螃蟹出来吃。卡塔里诺店里那些新唱片都变成了旧唱片，让人听着忍不住想哭，他的店不得不关张了。

自从赫伯特先生开始睡觉，好多天过去了，神父敲响了老雅各布家的大门。大门从里面关着。睡觉的那个家伙的呼吸消耗着屋里的空气，东西慢慢失去了原本的分量，有几件已经飘了起来。

"我想同他谈谈。"神父说。

"这得等。"老雅各布说。

"我没有多少时间等。"

"您请坐，神父，请等一等。"老雅各布坚持道，"顺便呢，请您跟我聊会儿。我有好长时间不知道这个世界上发生的事了。"

"人都快走完了。"神父说，"用不了多长时间，这个镇子就会变得和从前一样。这就是唯一的新闻。"

"他们会回来的。"老雅各布说,"等到大海再次飘来玫瑰花的香味的时候。"

"可在这段时间里,总得有个什么东西维持留下来的人的幻想吧。"神父说,"得开始盖一座教堂,这事儿迫在眉睫。"

"您就是为这个事儿来找密斯特赫伯特的吧。"老雅各布说。

"正是。"神父说,"美国佬都很慷慨。"

"那么,神父,您再等等。"老雅各布说,"说不定他就快醒了。"

他们开始下棋。这盘棋下的时间很长,难分胜负,一直下了好几天,而赫伯特先生还是没醒。

神父因为绝望而心烦意乱。他手托铜盘,为了盖教堂到处募捐,可要到的钱太少了。求人求多了,他的身体变得越来越透明,身上的骨头开始发出咔嚓咔嚓的声响。一个星期天,他平地飘起半码高,但没人注意到。于是他把衣服收拾进一只手提箱,把要到的钱放进另一只手提箱,永远地离开了这里。

"那气味不会再回来了。"他对那些来劝他的人说,"得面对现实,这镇子已经犯下了必死的罪过。"

赫伯特先生醒来的时候,这个镇子又变回了从前的样子。街道上人群留下的垃圾发了酵,土壤重又变得像砖头一样,又干又硬。

"我这一觉睡的时间可不短。"赫伯特先生打了个呵欠说。

"有好几个世纪吧。"老雅各布应道。

"我饿坏了。"

"大家都饿坏了。"老雅各布说,"现在除了到海滩上挖螃蟹,没别的选择。"

托比亚斯碰见赫伯特先生的时候,他正在从沙子里刨螃蟹吃,满嘴的白沫,托比亚斯惊奇地发现,有钱人饿极了和穷光蛋也没什么两样。赫伯特先生找到的螃蟹不够,傍晚时分,他邀请托比亚斯陪他一起到海底去找点儿吃的。

"您听我说,"托比亚斯提醒他说,"那深海里有什么东西,只有死人才知道。"

"科学家们也知道。"赫伯特先生说,"在淹死鬼们下面的海水里有乌龟,肉质鲜美。把衣服脱了,咱们说去就去。"

他们去了。先是沿着直线游了一会儿,然后下潜,一直潜到阳光照不到的深度，再潜下去海水的光亮也消失了，只剩那些自己发光的东西还看得见。他们经过一个沉在水下的镇子，那里的男男女女都骑在马背上，围着一个音乐亭旋转。天气很好，露台上的鲜花争奇斗艳。

"这个镇子是在一个星期天沉没的，大约是上午十一点钟。"赫伯特先生说，"应该是遭遇了什么灾难。"

托比亚斯掉头向那个镇子游去，但赫伯特先生示意他跟随自己往下潜。

"那边有玫瑰花。"托比亚斯说，"我想让克洛蒂尔德见识一下。"

"您可以改天从从容容地再来一次。"赫伯特先生说，"现在我都快饿死了。"

他用长长的手臂敏捷地划着水向下潜去，像条大章鱼。托比亚斯拼命游着，生怕跟丢了，他想，大概有钱人游起泳来都是这个样子。渐渐地，他们离开了普通灾难区，进入了亡人的海域。

死人太多了，托比亚斯觉得自己在世上从来没见过这么多人。死人们都一动不动，脸朝上，漂浮在不同的高度，每张脸上都是一副被人遗忘了的神情。

"这都是早年间的死人。"赫伯特先生说,"他们用了好几个世纪才修炼到这么安详的状态。"

继续往下,赫伯特先生在最近死去的人的那层水域停了下来。托比亚斯追上他的时候,一个很年轻的姑娘正好从他们面前漂过。她侧着身子,两眼睁着,身后是一股携着鲜花的水流。

赫伯特先生把食指竖在嘴前,保持着这个姿势,直到所有鲜花都漂走了。

"这是我这辈子见过的最美的女人。"他说。

"这是老雅各布的老婆。"托比亚斯说,"看上去年轻了五十岁,但一定是她,我敢肯定。"

"她已经漂过很多地方了。"赫伯特先生说,"她身后带着世界各地的海洋里的植物。"

他们到了海底。那儿的地面就像打磨过的石板,赫伯特先生转了好几个圈。托比亚斯紧随其后。当眼睛适应了海底的黑暗之后,他发现那里有好多乌龟。得有几千只,趴在海底一动不动,像石化了似的。

"它们是活的。"赫伯特先生说,"只是几百万年以来它们一直这样睡着。"

他把其中一只翻过来,轻轻地向上推去,那家伙仍然没醒,从他手边滑开,向上浮去。托比亚斯看着它从自己面前漂过,他向海面望去,看见大海整个翻转过来。

"真像做梦一样。"他说。

"为了您好,"赫伯特先生告诫他,"这事儿您对谁都不要提起。您想想,要是大家都知道了这些事,这世界得乱成什么样啊。"

他们回到镇上时已经快半夜了。他们叫醒了克洛蒂尔德,让她烧些开水。赫伯特先生剁下了乌龟的脑袋,但是,当他们把乌龟剁成几块的时候,它的心脏滑了出来,在院子里蹦蹦跳跳,三个人围追堵截,才把那颗心脏杀死。吃到最后,他们撑得连气都上不来了。

"好吧,托比亚斯,"赫伯特先生开了口,"人总是要面对现实的。"

"当然了。"

"而现实就是,"赫伯特先生接着说道,"那气味再也不会回来了。"

"会回来的。"

"不会回来了。"克洛蒂尔德插了进来,"还有好多东西也一样,因为它们从来就没来过。是你把大家带进了这场闹剧。"

"你自己也闻到过那种气味。"

"那天晚上我恍恍惚惚的。"克洛蒂尔德说,"但现在,跟这片大海有关的事情,我什么都不确定。"

"所以我要走了。"赫伯特先生说完又对着他们俩补充了一句,"你们也该离开了。这个世界上有好多事情可以做,干什么都比死守在这个镇子上挨饿强。"

他走了。托比亚斯待在自家院子里,数着天上的星星,一直数到海天相接的地方。他发现,自从上一个十二月过后,天上多出来三颗星星。克洛蒂尔德叫他回房间,他没有理睬。

"快过来呀,死鬼。"克洛蒂尔德还在叫他,"我们有好几百年没学兔子干那事了。"

托比亚斯磨蹭了好长时间,等他走进房间时,克洛蒂尔德又睡着了。她被叫醒后迷迷糊糊的,她太累了,两人把事情搞得一团糟,末了只能学学蚯蚓了事。

"你走神了。"克洛蒂尔德不高兴地说,"努力想点儿别的事吧。"

"我正在想别的事呢。"

她想知道是什么事,他决定告诉她,条件是她不能把这事告诉别人。克洛蒂尔德答应了。

"在海底,"托比亚斯告诉她,"有一个镇子,房子都是白色的,露台上开着几百万朵鲜花。"

克洛蒂尔德用双手抱住了头。

"够了,托比亚斯。"她叫道,"够了,托比亚斯,看在上帝的分上,别又开始说那些东西。"

托比亚斯没再开口。他翻了个身滚到床边,努力想睡上一觉。一直到天亮他才睡着,那时风向变了,螃蟹也不再烦他了。

一九六一年

世上最美的溺水者

El ahogado más hermoso del mundo

最初,几个孩子看见海面上漂来那团海岬一般黑乎乎的、无声无息的东西时,曾幻想那是一艘敌人的战舰。接着,他们看到那上面既没有旗帜也没有桅杆,又想会不会是一条鲸鱼。直到那东西搁浅在海滩上,他们拂去厚厚的一层马尾藻,摘去水母的触须,又拨开上面的臭鱼烂虾和沉船的碎渣,才发现原来是一个溺水的人。

整个下午,孩子们都在拿这个溺水者寻开心,一会儿把他埋进沙子里,一会儿又把他刨出来,直到有人碰巧看见了,才把消息传进村子里。几个男人把溺水者抬到最近的房子里,他们发现这人比他们以前见过的所有死人都要重,跟一匹马差不多,于是议论说,兴许这人在水里漂得太久了，水进到骨头里了。他们把他放在地上，这才看出来，他比其他所有男人都要高大许多，房子里几乎放不下他，他们想，也许有些溺水的人死了之后还会继续长个子吧。他身上有一股大海的味道，唯有他的形状会使人联想到这是一具人的尸体，因为他浑身上下裹满了鲫鱼和烂泥。

不需要把他的脸擦干净就可以肯定这是个外乡人。这个村子总共只有二十来栋木头房子，随意分布在一个荒芜的海角尽头，一个个石头铺的小院子里一朵花都见不到。土地少得可怜，母亲们整日担心小孩会被大风刮走，历年来死去的几个人都被扔下了悬崖。但大海是温和而慷慨的，七条小船就可以装下这里所有男人。所以，找到那个溺水者的时候，他们只须看看彼此，就可以确定自己人一个都没少。

那天晚上，大家都没有出海干活。男人们出去打听附近的村子里是否少了人，女人们则忙着照料那个溺水的人。她们把草拧在一起，擦掉他身上的烂泥，把他头发里面那些海底的蒺藜摘出来，又拿刮鱼鳞的铁片刮下他身上的鲫鱼。做着这些事，她们注意到他身上那些植物都来自遥远的海域和大洋深处，他身上的衣服七零八碎，像是曾在珊瑚的迷宫里穿行过。她们还注意到，他以一种骄傲的姿态忍受着死亡，脸上没有别的溺死在大海里的人的那种孤独，也不像淹死在河水里的人那样容色灰败、可怜巴巴。但直到为这人梳洗完毕，她们才意识到他气度非凡，一时间大家都屏住了呼吸，这人不但最高最壮，男人味儿最重，身材比例是她们见过的最完美的，而且，她们越看越觉得自己的想象力不够用。

村子里找不到一张足够大的床停放他的尸体，也找不到一张足够结实的桌子用来为他守灵。村里最高的男人过节穿的裤子他都穿不了，最胖的男人星期天穿的衬衣他穿都嫌小，脚最大的男人的鞋也套不到他的脚上，女人们被他异乎寻常的身材和英俊的相貌迷住了，一致决定从一张帆上剪下一块布来给他做条裤子，再用新娘穿的细麻布做件衬衣，好让他死后继续保持体面。她们围坐成一圈做针线活，不时朝那具尸体瞟上一眼，都觉得风从未像那天夜里那样猛烈过，加勒比海也从来没有那样焦躁不安过，她们猜测，这些变化一定和这个死人有点儿关系。她们想，要是这个了不起的男人曾住在她们村，他家的房门应该会最宽，房顶会最高，地板会最结实，床架会用船的主肋做成，再用铁螺栓上紧，他的女人会是最幸福的女人。她们想，这个人一定很有威望，他只须喊一喊各种鱼的名字，鱼儿们便会从海里跳出来。他干起农活来一定十分卖力，能让最贫瘠的石头地里冒出清泉，能在悬崖上种出鲜花。她们暗暗把他和自己的丈夫比较了一番，心想，丈夫一辈子能干的事儿恐怕都抵不上这人一夜干的事儿，最后，她们从心底里觉得丈夫是世上最龌龊卑劣的货色。正当她们这样想入非非的时候，她们中间最老的那个女人——因为最老，她看那个溺水者的时候，目光里少了些爱恋，多了些怜悯——叹了口气说：

"看脸的话，他应该叫埃斯特班。"

没错。对大多数人来说，只须再看一眼就会明白，这人不可能有别的名字。最年轻的几个女人更顽固些，她们还在幻想，如果给他穿上衣裳，让他躺在鲜花丛中，脚蹬一双漆皮鞋，也可以叫他劳塔罗。她们的这种幻想终归是徒劳的，那块布料根本不够，裤子剪裁得很糟糕，缝得也不怎么样，穿上去绷得紧紧的，而且他心里面隐藏着的力量把衬衣的扣子全都崩开了。后半夜，风声小了许多，星期三的大海显出一副昏昏沉沉的模样。一片寂静之中，女人们最后的疑问也消除了：这人就是埃斯特班。最后不得不把他放在地上的时候，那些给他穿衣服、梳头、剪指甲、刮胡子的女人都不由自主地心生怜悯。直到此时她们才明白，拖着这副庞大的身躯，他连死了都这么费事，活着的时候该有多么不快乐。她们知道他活着的时候进门要侧着身子，经常会碰到房梁。出门做客只能站着，一双海狮般粉嫩的手不知往哪儿放才好。女主人还得找出家里最结实的椅子，胆战心惊地对他说，埃斯特班，劳驾您坐这儿吧。而他呢，靠在墙角微笑着，您别麻烦了，太太，我这样就挺好。因为每次出门做客都碰到这样的事，他的脚后跟磨得掉了皮，背部总是小心翼翼。您别麻烦了，太太，我这样就挺好，他这样说只是因为不想把椅子坐塌闹出洋相。他也许从不知道，那些对他说，别走，埃斯特班，至少等到咖啡煮好的人，会在他身后叽叽咕咕，那个大傻瓜走了，谢天谢地，那个长了副漂亮脸蛋的傻瓜总算走了。天亮以前，那群女人面对着尸体，脑子里转的尽是这些事。后来，她们给他脸上盖了块布，免得光线打扰他，这时她们看见他是真的死得透透的了，他一脸无助的样子和她们的丈夫没什么两样，她们心里柔弱的那一面被打开了，第一个开始抽泣的是某个最年轻的女孩。其他人你影响我我影响你，开始是叹息，后来便哭出声来，越抽泣就越想哭，因为那溺水的人在她们眼里越看越像埃斯特班，最后，在她们的哭泣声中，可怜的埃斯特班成了地球上最无依无靠的人，脾气最好且最乐于助人。最后，丈夫们回来了，带来消息说附近几个村子里都没有这个人，她们泪眼婆娑之余都感到莫名的喜悦。

"赞美主！"她们叹息道，"是咱们的人！"

男人们把她们这种大惊小怪的反应视为女人的轻浮，他们奔波了一夜，现在想的唯一一件事就是，在这个干旱无风的日子里，趁阳光还没有变得炽热，彻底摆脱这个外来的家伙带来的麻烦。他们用几根废旧的前桅和斜桁做了一副担架，又把它绑在驾驶舱的底座上，好将那具尸体抬到悬崖那边。他们还打算给那家伙的脚踝上用铁链拴个商船用的铁锚，好让他顺顺当当地沉到海底最深处，在那里，鱼都是瞎子，潜水的人死于乡愁，这样，他就不会像别的尸体，被可恶的潮水冲回岸边。可是，他们越是着急，女人们就越是想出更多花样来拖延时间。她们活像一群受惊的母鸡，在箱子里翻寻海里用的护身符，这边刚有几位想给那淹死的人系上披肩，好让他能顺风顺水，那边又有几位要给他戴上指引方向的手镯。快让开，婆娘，找个不碍事的地方待着去，瞧瞧你差点儿把我挤得倒在死人身上，说了许多遍这样的话之后，男人们终于起了疑心，开始骂骂咧咧，为什么把这么多祭坛上用的家什放在这么一个外来的死人身上，你就是把锅碗瓢盆都给他拴上，最后还不是让鲨鱼吃掉了事，可女人们还是坚持放这放那，跑来跑去，跌跌撞撞，不是掉眼泪，就是唉声叹气，最后男人们开始爆粗口，不就是一具漂来的死尸，一个谁也不认识的淹死鬼，一堆臭肉吗，这儿什么时候为这种人闹过这么大动静。有个女人被这些全无心肝的话惹恼了，一把揭开了盖在尸体脸上的那块布，男人们的呼吸一下子停止了。

那是埃斯特班。无须再看第二眼，谁都能认出那就是他。要是有人告诉他们这人是沃尔特·雷利爵士，他们大概会注意到他的美国佬口音、他肩膀上歇着的那只金刚鹦鹉，以及他那杆射击吃人生番的火枪。但在这世上，埃斯特班只有一个，此刻他像条鲱鱼一样躺在那里，光着脚，穿了条尺寸不够的裤子，趾甲硬得像石头，只有用刀子才能修理。脸上的布一揭掉，大家全都看出来了，这人一脸惶恐：长得这么高大，这么重，还这么漂亮，这不是我的过错，早知如此，我会去找个没人的地方淹死，我是认真的，我会自己在脖子上拴个大帆船用的铁锚跳下去，就像那些不想被别人丢下悬崖的人一样，免得如今被说成是星期三的死尸，到处碍事，用这堆跟我已经毫无关系的臭肉招人烦。埃斯特班的样子是那么真诚，就连那些最爱疑神疑鬼的男人——他们在海上整夜睡不着觉，担心自己的女人有一天梦见的不再是自己而是那些淹死鬼，还有那些更加铁石心肠的男人，都被埃斯特班的真诚深深打动了。

就这样，人们给一个弃婴似的溺水者举办了一场他们所能想象的最华美的葬礼。有几个女人到附近的村子里寻找鲜花，回来的时候身后跟着一些半信半疑的女人，看到这个死人之后，这些女人也去寻找鲜花，招来更多女人和更多鲜花，最后，花挨着花，人挨着人，挤得路都走不动。到了最后一刻，人们又觉得让他以孤儿的身份重新被丢进海里太让人心疼了，于是又从最好的人中间给他挑选了爸爸妈妈，其他人则愿意做他的兄弟、叔叔、堂亲，到最后，全村人都因为他互相攀上了亲戚。有一些远远听见了这里的哭声的水手迷失了航向，听说其中一位水手想起了古老的塞壬传说，让人把自己绑在了主桅杆上。就在人们为谁有资格沿着陡坡把他抬上悬崖争执不下时，男人和女人们第一次感觉到，在这个华贵美丽的溺水者面前，他们的街道是多么荒凉，院子是多么乏味，梦想又是多么苍白。他们把他扔下去的时候没给他拴铁锚，好让他想回来的时候就可以回来。那具尸体好像过了好几个世纪才落进海里，在这个过程中，人人都屏着呼吸。他们无须看向彼此就已明白，他们已经不再完整，而且再也不会完整了。人人都明白，从此刻起，一切都将变得不一样，他们的房门将变得更宽，屋顶将变得更高，地板将变得更结实，以便埃斯特班在大家的记忆中可以通行无阻，不会再撞到大梁，今后谁也不敢再嚼舌头，说那个大个子傻瓜已经死了，太不幸了，那个漂亮的傻瓜死掉了之类的，因为他们会把房子的正面刷成欢快的颜色，好永远记着埃斯特班，他们还要弯下腰去，在乱石间挖出泉水，在悬崖上种满鲜花，为的是在将来的某个清晨,那些大轮船上的游客醒来时会闻到海上飘来的沁人心脾的花香,船长会穿着礼服,带着他的罗盘和北极星徽章,胸前挂着一排在战争中获得的勋章,从后甲板走下来,指着加勒比海海平面上种满玫瑰的海岬,用十四种语言说,请往那里看,那里如今风声温柔,微风在人们床下驻足,就在那边,在那阳光炽烈、向日葵不知道该往哪边转的地方,是的,就在那里,那是埃斯特班的村子。

一九六八年

超越爱情的永恒之死
Muerte constante más allá del amor

奥内西莫·桑切斯参议员遇到他生命中的那个女人的时候，距离他的死亡只剩六个月零十一天。他是在一个叫作总督玫瑰园的幻影般的小村子里遇到她的，这村子夜里是那些高大的走私船停靠的秘密码头，白天则是沙漠里最普通不过的小水湾，面向广漠乏味的大海，远离人世，以至于没人认为哪个能呼风唤雨的人物会住在这里。就连它的名字也像是一个玩笑，因为认识劳拉·法里尼亚的那天下午，奥内西莫·桑切斯参议员在村里只瞧见一朵玫瑰，还把它摘走了。

这里是四年一次的选战中无法回避的一站。上午先行到达的是一车演员，接着是租来的几卡车印第安人，他们通常会被从这个村子带到那个村子，在群众集会上凑人数。快十一点钟的时候，在音乐声和鞭炮声中，在载着随从人员的吉普车的护卫下，部长大人的草莓汽水色轿车到了。奥内西莫·桑切斯参议员坐在有冷气的汽车里，脸色苍白，对外面的气温没什么感觉，但刚一打开车门，火一般的热浪就使他浑身一颤，他的真丝衬衣立刻被一层铅灰色的汗水浸透了，他觉得自己一下子老了好多岁，比以往任何时候都要孤独。其实，他才刚满四十二岁，毕业于哥廷根大学冶金工程系，始终孜孜不倦地阅读那些译得颇为糟糕的拉丁文古典名著，只是收获甚微。他娶了一个光彩照人的德国女人，和她生了五个孩子，一家大小都幸福安康，他一直觉得自己是最幸福的人，直到三个月前有人告诉他，他会在下一个圣诞节死去。

当这场公众活动准备得差不多的时候，参议员有一个小时的时间独自一人在为他预留的房子里休息。上床之前，他往喝的水里放了一朵新鲜的玫瑰花，它在他的呵护下穿过沙漠也没有枯萎，午餐他只吃了点儿节食麦片，那是他随身带来的，为的是避开这一天剩下的几餐中一盘又一盘的煎羊肉，他又提前服下几片镇痛药，这样在疼痛发作之前他就能放松下来。

接着，他把电风扇放在离吊床很近的地方，脱光衣服，在玫瑰花的阴影里躺了十五分钟，他尽量分散注意力，让自己在小睡的时候不去想死亡。除了医生，没人知道他已经被判来日无多，因为他决定独自承受这个秘密，日常生活不做任何改变。这倒不是因为高傲，而是因为羞怯。

下午三点，当他重新出现在公众面前时，他自觉可以完全掌控自己的意志。他休息得很好，身上干干净净，穿着粗亚麻布裤子、印花衬衫，由于镇痛药片起了作用，他的心情很放松。然而，死亡的侵蚀要比他想象的阴险得多，就在他走上演讲台的那一刻，面对那些争着和他握手的人，他心里罕见地涌起一阵轻蔑。以前，看见一群群印第安人赤着脚痛苦地走过光秃秃的广场上炙热的沙砾，他总是心生同情，这次却没有。他举起手，几乎是恼怒地让大家停止鼓掌，然后盯着热得直喘气的大海，面无表情地开了口。他的声音缓慢而深沉，就像静静的水面，可是他早已背得滚瓜烂熟的演讲词却突然卡了壳——不是因为他想说真话，而是因为马可·奥勒留回忆录第四卷里那句宿命的判决使他反感。

"今天我们聚集在这里,是为了战胜大自然。"他以这些他一句也不信的话开始了演讲。"我们将不再是祖国的弃儿,被上帝遗忘在这片干旱、气候恶劣的土地上的孤儿,自己土地上的流亡者。我们将成为全新的人,女士们,先生们,我们将成为伟大的人,幸福的人。"

接下来是一些固定套路。在他讲话的时候,助手们向空中抛掷了许多纸做的小鸟,这些假鸟像是活了一样,在演讲台上方盘旋,最后飞向大海。与此同时,另外几个助手从卡车上搬下来若干剧院里做布景用的树,树叶都是用毛毡做的,他们把这些树竖在人群背后的盐碱地上。最后,这些人用硬纸板搭起一片建筑立面,上面有许多假房子,一色红砖砌成,窗户上装着玻璃,他们用这个遮住了现实中那些破破烂烂的棚屋。

参议员扩充了他的演讲稿,引用了两段拉丁文,为的是给秀场布置多留一点儿时间。他做出了一堆承诺,什么能下雨的机器、能饲养各种食用动物的便携式养殖场,还有幸福之油,能让盐碱地里长出蔬菜,家家户户的窗口长出一簇簇三色堇。当他看见那个虚幻的世界已经成型时,便用手指往那边一指。

"我们将会变成这样,女士们,先生们!"他高声喊道,"看吧,这就是我们将来的样子。"

人们转过身去。房屋背后驶过一艘用花里胡哨的纸糊的远洋巨轮,比虚幻之城里最高的房子还要高。只有参议员看出来了,这个用硬纸板搭起来的镇子装装拆拆,搬来搬去,日晒雨淋,早就朽了,和总督玫瑰园这个村子几乎一样穷酸,一样灰头土脸,一样可怜巴巴。

内尔松·法里尼亚十二年来第一次没去问候参议员。在他那幢用没刨光的木板盖的房子的树荫下,他躺在吊床上迷迷糊糊地听完了演讲。这房子是他亲手盖的,同样是用这双药剂师的手,他把第一任妻子大卸八块。之后,他从卡宴的牢房里逃了出来,乘坐一条满载着傻乎乎的金刚鹦鹉的船来到了总督玫瑰园,同行的是一个漂亮的女黑人,长了一副亵渎神明的模样,他是在帕拉马里博遇见她的,和她生了一个女儿。过了没多久,这女人死了,正常死亡,没有遭受她前任的命运,那个女人被大卸八块后成了她自己园子里种的菜花的肥料,而这一位被埋进当地一块墓地的时候四肢俱全,墓碑上刻的是她的荷兰名字。他们的女儿继承了母亲的肤色和身材,又从父亲那里继承了仿佛受了惊吓的黄眼珠,她父亲有很多理由相信,他抚养的是世上最美的女孩。

自从在第一场竞选活动中认识了奥内西莫·桑切斯参议员,内尔松·法里尼亚就一再央求他帮自己弄一张假身份证,以逃避法律的制裁。参议员虽说很友好,却也很有主见,他拒绝了。这些年来,内尔松·法里尼亚一直没有放弃,只要有机会,他就会重提这个请求,每次开出的价钱都不一样,但得到的回答总是一样。所以,这一次他躺在吊床上没动,躲在他那闷热的海盗巢穴里等着活活烂掉。听见最后的掌声,他抬起头来,从围栏上方望向那场闹剧的背面:楼房的支柱、树木的支架,还有躲在背后推着轮船前行的幻术师。他愤愤地吐了口痰。

"狗屎!"[①]他说,"都是些搞政治的骗子。"[②]

演讲结束后,参议员照例要在音乐和鞭炮声中沿着村里的街道走上一遭,身边围绕着村里的老百姓,向他诉说他们的惨事。参议员总是脾气很好地倾听着,而且总能找到一种办法既安慰了他们,又不至于太过费

---

①②原文为法语。

事。一个女人爬到了房顶上,身边是她六个年幼的孩子,在一片嘈杂声和鞭炮声中成功地让参议员听见了她的声音。

"我要的不多,参议员。"她说,"只想要一头毛驴帮我把水从吊死鬼井那儿驮到家里来。"

参议员注意到了那六个脏兮兮的孩子。

"你丈夫干吗去了?"他问道。

"他去阿鲁巴岛撞运气,"那女人回答时心情不错,"结果撞到了一个外乡女人,就是那种牙齿上都镶着钻石的女人。"

女人的话引来一阵哄笑。

"好了好了,"参议员做出了决定,"你会有一头毛驴的。"

过了一会儿,他的一个助手将一头驮东西的毛驴送到了女人家中,驴背上用永不褪色的颜料写了一句竞选口号,好让人们不要忘记这头毛驴是参议员送的礼物。

那条街道不长,之后参议员又有几次小小的表示,还给一个让人连床抬到大门口就为了看他一眼的病人喂了一勺药水。在最后一个拐角,透过院子围栏的间隙,

他看见了躺在吊床上的内尔松·法里尼亚,后者看起来面色灰败,蔫蔫的,于是不带感情地问候了一句:

"你还好吗?"

内尔松·法里尼亚在吊床上翻了个身,忧伤的黄眼珠盯着吊床。

"您问我吗?您知道的。"[①] 他说。

听见问候,他女儿从屋里走了出来。她穿了件农村妇女日常穿的旧袍子,头上戴着五颜六色的发饰,脸上为防晒涂抹了东西,即便是这样一副邋遢的样子,也足以让人看出来,世上不可能有比她更漂亮的女人了。参议员的呼吸都停止了。

"妈的!"他惊叹道,"老天爷是怎么造出这等尤物的啊!"

这天晚上,内尔松·法里尼亚给女儿穿上最漂亮的衣裳,让她去见参议员。两名手持来复枪的警卫在那幢借来的房子门口热得直打瞌睡,让她坐在门厅里唯一的一把椅子上等着。参议员正在隔壁房间和总督玫瑰园的头头们开会,他把他们召过来是要把演讲时不方便讲的真话告诉他们。这些人和他在沙漠里别的

[①] 原文为法语。

村镇见过的头头们长得太像了,参议员一想到每天晚上都要开这样的会就心烦意乱。他的衬衣已经汗透了,他正就着电风扇想把衬衣吹干,闷热的房间里,电风扇嗡嗡地响着,活像只马蝇。

"当然了,我们不吃纸做的小鸟。"他说,"各位和我都清楚,等到这个只配给山羊当厕所的地方长满树木和鲜花、水塘里游的不是蛆虫而是鲱鱼的那一天,不管是各位还是我,都将无事可做。我这样讲没错吧?"

没人搭腔。参议员一面高谈阔论,一面从日历上撕下一页,叠成一只纸蝴蝶。他随手把它送到电风扇的气流里,那纸蝴蝶先是在房间里上下翻飞了一阵,接着从半开的房门飞了出去。参议员继续侃侃而谈,那么自信,仿佛同死神达成了某种默契。

"那么,"他说,"有些事情我不必重复,你们大家心知肚明:我要是再次当选,你们能得到的好处比我多,因为我已经受够这里的臭水和印第安人的臭汗了,而你们是要靠这些谋生计的。"

劳拉·法里尼亚看见一只纸蝴蝶飞了出来。只有她看见了,因为门厅里的两名警卫抱着来复枪在长椅上睡着了。那只用石印画叠的硕大的蝴蝶飞了几圈之后,完全散开了,撞到一面墙上,卡住了。劳拉·法里尼亚想用指甲把它抠下来。这时,一名警卫被隔壁房间的掌声惊醒,告诉她别费那个劲儿了。

"抠不下来的。"他迷迷糊糊地说,"那玩意儿是画在墙上的。"

劳拉·法里尼亚重又坐下来,这时开会的人纷纷走了出来。参议员站在门口,一只手放在门把手上,直到门厅里的人都走完了,他才看见劳拉·法里尼亚。

"你来有什么事儿吗?"

"我是为我爸爸来的。"①她答道。

参议员听懂了。他瞟了眼昏昏欲睡的警卫,又看了看劳拉·法里尼亚,女孩美得令人难以置信,压倒了他的疼痛,他当即拿定了主意:死神已经替他做了决定。

"进来吧。"他对女孩说。

劳拉·法里尼亚站在房门口,目瞪口呆:几千张钞票像蝴蝶一样在空中飞舞。然而,参议员把电风扇一关,没了气流,钞票便都散落在房间各处。

"你看,"他微微一笑,"就连狗屎一样的东西都能

---

① 原文为法语。

"简直是胡闹!"参议员勃然大怒,问了一个他早就知道答案的问题:"钥匙在哪儿?"

劳拉·法里尼亚松了口气。

"我爸爸拿着呢。"女孩回答说,"我爸爸让我告诉您,请您派一名心腹,带上您亲笔写的承诺为他解决问题的字条去找他。"

参议员紧张起来。"这个王八蛋法国佬!"他愤愤地咕哝了一句。接着,他闭上眼睛放松了一下,在黑暗中又找回了自己。"你记好了,"他提醒道,"不管是你还是别的任何人,要不了多久你们都会死去,再过不久,连名字都没人记得了。"他停住了,等待一阵寒战掠过全身。

"告诉我一件事,"他又问道,"你听到别人是怎么说我的?"

"说真话吗?"

"最真的真话。"

"那好吧。"劳拉·法里尼亚鼓起勇气,"大家都说您比其他人更坏,因为您跟他们不一样。"

参议员并不感到吃惊。他闭上眼睛,沉默了半晌,再睁开眼睛时,他埋藏最深的本能似乎清醒过来了。

"操！"他做出了决定，"告诉你那个王八蛋爹，就说我会为他解决那个问题的。"

"您要是想，我自己回去拿钥匙。"劳拉·法里尼亚对他说。

参议员拦住了她。

"忘了钥匙的事儿吧。"他说，"陪我躺一会儿。孤独的时候，有个人陪着总是好的。"

于是，女孩让他靠在自己肩膀上，她的眼睛一直盯着玫瑰花。参议员揽着女孩的腰，把头埋在她腋下，埋在那林间野兽的气息中，他被恐惧压垮了。六个月零十一天后，他将以这个姿势死去，那时，因为和劳拉·法里尼亚这桩众人皆知的丑闻，他已名声扫地，垂死之际，她不在他身旁，他为此愤怒地哭泣。

一九七〇年

幽灵船的最后一次航行

El último viaje del buque fantasma

很快他们就会看到我是什么样的人,他用变过来没多久的男人的粗重嗓音对自己说,此时离他第一次看见那艘奇大无比的远洋轮船已经过去好些年了,那艘船上没有一丝光亮,某天晚上,它无声无息地从村子前面驶过,就像一座无人居住的巨大宫殿,比整个村子还要长,比村子里教堂的钟楼还要高出许多,在黑暗中驶向海湾另一边那座殖民地时期为防备海盗而建成堡垒的城市,那里有当年贩卖黑奴的港口,还有一座旋转灯塔,每隔十五秒就用它那惨白的叉形灯光把村子照得变了模样,就像月光下的营地,房屋都闪着荧光,街道就像火山下的荒漠,他那时还小,嗓音还没有变粗,但已经得到妈妈的允许可以在海滩上待到很晚，听海风在夜间奏出竖琴的声音，他到现在都还记得，那情形仿佛就在眼前，当灯塔的光照到船舷时，那艘远洋巨轮就消失得无影无踪，而当灯光转过去的时候，它就又出现了，那船就这样一会儿出现一会儿消失，驶向海湾入口，像个梦游的人，摸索着寻找指引港口航道的浮标，最后一定是罗盘的指针出了什么问题，它驶向一群暗礁，撞了上去，裂成了几段，没发出一点儿声响就沉了下去，而通常情况下，船撞上暗礁总会发出钢铁撞击的巨响，船上的机器则会爆炸，那动静就连从镇子边缘的道路旁一直蔓延到世界尽头的史前丛林里酣睡的龙都会被吓得浑身冰凉，因此，他自己也认为那只是一个梦，特别是到了第二天，他看见海湾里波光粼粼，港口旁边的小山冈上黑人的茅屋色彩斑斓，从圭亚那过来的走私船正在把一群嗉囊里塞满钻石的无辜的鹦鹉装上船，他想，我肯定是数着星星睡着了，然后梦见了那条船，肯定是这样，他确信无疑，因此没把这事告诉任何人，也没再回想那番景象，直到第二年三月的那天夜里，他正在海里游荡，寻找海豚的踪影，突然看见了那艘他在梦中见过的远洋巨轮，阴森森的，一会儿消失一会儿出现，最终重复了上次的倒霉命运,这次他确信自己醒着,于是飞奔而去,把事情告诉了妈妈,他妈妈一连三个星期因为失望唉声叹气,你脑子坏掉了吧,整天昼夜颠倒,白天睡大觉,晚上就像那些不务正业的人一样四处鬼混,过了十一年的寡居生活后,她已经把那把摇椅摇散了,那几天正想去城里买把舒服点儿的椅子,好继续坐下来思念她死去的丈夫,她利用这个机会央求船夫到暗礁那边走一趟,好让儿子真真切切地看看那片海水下面的东西,看看蝠鲼怎样在海绵丛中交配,粉红色的棘鬣鱼和蓝色的石首鱼怎样潜入水流稍缓一些的海槽,甚至还能看见殖民地时期某次船难中淹死的人飘动的长发,但没有沉船的踪迹,也没有什么淹死的小男孩,然而,在他的顽固坚持下,他妈妈终于答应在来年三月的那个夜晚陪他守夜,当然,她那时并不知道在她剩余的人生中,唯一确定能得到的就只有那把航海家弗朗西斯·德雷克时代的安乐椅,那是她在土耳其人的一次拍卖会上买下来的,那天晚上,她坐进了那把安乐椅,叹息道,我可怜的霍洛芬斯,要是你能看见我坐在这把包着天鹅绒和女王的灵柩上用的锦缎的椅子上思念你该有多好,可是,她越是想念丈夫，就越是热血沸腾，心脏里的血液变得像热巧克力一样，仿佛她不是坐在那里，而是在奔跑，身上被冷汗湿透了，呼吸的空气中满是尘土，清晨他回到家中，发现妈妈死在了安乐椅上，她的身体还是热的，却已经开始腐烂，就像那些被蛇咬过的人一样，同样的命运后来又降临到另外四个女人身上，最后，人们把这把杀人的安乐椅扔进了大海，扔得很远，让它再也没法害人，过去的好几个世纪里，太多人用过这把椅子，它早已丧失了安乐的功能，就这样，他不得不习惯了当孤儿的日子，人们都说，这就是把那把倒霉的椅子带到村里来的那个寡妇的儿子，他有时靠别人的施舍过活，更多时候会从船上偷点儿小鱼小虾，他的嗓音慢慢变粗了，也不再想起从前看见过的景象，直到又一个三月的夜晚，他不经意间往海上瞅了一眼，突然间，我的妈呀，它就在那里，一条奇大无比的铅灰色鲸鱼，一头钢铁野兽，快来看呀，他疯狂地叫喊着，快来看呀，他的叫喊声引得狗儿们一阵狂吠，女人们惊慌失措，村子里最老的那几位想起了以前听曾祖父讲过的恐怖故事，以为威廉·丹皮尔又回来了，纷纷钻到床底下，但是，有几个人跑到了大街上，他们没费心去看什么令人难以置信的幽灵船,因为这一刻那家伙又消失了,已然在那每年一度的灾难中撞沉了,人们把他暴打了一顿,打得他七荤八素,他愤怒得口水乱喷,对自己说,很快他们就会看到我是什么样的人,但是他小心翼翼地不让别人知道他的决定,整整一年,他心里想的只有一件事,很快他们就会看到我是什么样的人,他等着那景象在某个夜晚重新出现,他好去做他后来做的事情,他偷了条小船,划过海湾,整个下午都待在黑奴港口的斜坡上,在加勒比海形形色色的人群中,等候那个伟大时刻的到来,他如此专注于自己的冒险,既没有像往常那样在印度人开的小店门口欣赏雕刻在整根象牙上的小人,也没去取笑那些骑着改装的自行车的说荷兰语的黑人,甚至遇到皮肤跟眼镜蛇一样光滑的马来人也没有像往常那样吓一跳,这些马来人穿过整个世界来到这里,做梦都想开一家属于自己的小饭馆,卖些巴西炭烤肉什么的,因为他什么都没注意到,直到黑夜带着满天繁星爬上他的头顶,丛林里散发出栀子花甜甜的香气和蝾螈腐烂后的气味,他坐在偷来的小船上,向海湾入口处划去,他把船上的灯熄了,他可不想惊动那些警卫,每隔十五秒,灯塔的绿色灯光扫过来的时候，他一动不动，一回到黑暗中他就又活过来了，他知道不远处就是那些指引航道的浮标，这不仅是因为他看见浮标上令人压抑的光越来越亮，还因为海水散发的气息变得凄凉，他就这样心无旁骛地划着船，一时竟没有反应过来从哪里突然飘来一股可怕的鲨鱼的气息，夜色为何变得浓重，仿佛满天的星星突然都死了，因为那艘远洋巨轮挡在那里，大得不可思议，我的妈呀，它比世上一切巨大的东西都要大，比陆上和水中一切黑暗的东西都要黑，三十万吨重的鲨鱼气味如此近距离地从小船旁边经过，他看得见那钢铁家伙身上的一道道焊缝，无数个舷窗里没有一丝亮光，没有一点儿机器的声响，没有一个活物，自带死寂的空间，空旷的天空，凝滞的空气，停滞的时间，漫无目的晃动的海水，其中漂浮着一个满是被淹死的生灵的世界，忽然，灯塔的强光扫射过来，一切都消失了，四周瞬间变回纯净的加勒比海，三月的夜晚，空中像往常一样白茫茫一片，浮标之间只剩他孤零零一个人，他不知道该做点什么，他惊骇地问自己，是不是真的在睁着眼睛做梦，不光是这一刻，还包括前几次，可是，他刚问完，一阵神秘的风吹熄了浮标上的光亮,从第一个直到最后一个,灯塔的光柱扫过之后,巨轮又现身了,它的罗盘出了问题,也许它甚至弄不清楚在这茫茫大海上自己身在何方,它摸索着寻找那条看不见的航道,而实际上正朝着暗礁驶去,直到他接收到那难以抗拒的启示,意识到让那些浮标失效正是解开这魔法的最终的钥匙,于是点亮了小船上的灯,一缕红色的光不会惊动城堡塔楼上的任何一名警卫,但对于舵手来说却如同东方的旭日,因为有了它,巨轮修正了航向,驶进了航道宽阔的入口,上演了一场欢快的复活,巨轮上的所有灯光同时亮起,锅炉重新发出喘息声,天上的星星也亮了,动物的尸体沉了下去,厨房里传来盘子的撞击声和月桂汁的香气,从月牙形的甲板上传来乐队里萨克斯风的声音,以及外海昏暗的舱房里恋人们血管跳动的声音,但此时他心头涌起的是一种延迟的愤怒,这愤怒不受任何感情干扰,也不会被任何怪事吓倒,他怀着从未有过的坚定信念告诉自己,很快他们就会看到我是什么样的人,妈的,很快他们就会看到,他并没有躲到一边,以免被这庞然大物撞到,而是在它前方划着小船,因为很快他们就会看到我是什么样的人,他继续用那盏灯指引着巨轮,到后来,他越来越确信它的顺从,于是又一次让它偏离了通往码头的航向,引领它离开了那条看不见的航道,仿佛它是一只生活在大海中的羔羊,他牵着绳子,领着它游向沉睡中的村庄的点点灯火,巨轮生气勃勃,无惧灯塔射来的光柱,不再玩消失,而是每过十五秒就变成银白色,前方教堂的十字架、寒酸的农舍,那些模糊的形象开始变得清晰,巨轮跟在他身后,带着它装载的所有东西,船长朝左侧躺着睡着了,储藏室里冻着几头斗牛,医务室里孤零零地躺着一个病人,蓄水罐也没人照看,未被救赎的舵手一定是把礁石看成了码头,因为此时汽笛发出一声凄厉的巨响,他被冷却的蒸汽浇成了落汤鸡,汽笛又响了一声,小船就要翻了,汽笛第三次响起的时候,已经什么都来不及了,岸边的贝壳、街道上的石块和那些不相信他的人的家门已经近在眼前,整个村子都被可怕的巨轮上的灯光照得雪亮,他将将来得及闪到一边,躲过了这场灾难,在巨大的震荡中高声喊道,你们这些王八蛋,现在看到了吧,一秒钟过后,巨大的钢铁船壳切开了地面,人们听见一阵清脆的声响,九万零五百只香槟酒杯从船头到船尾一只接一只打碎了,这时天亮了,已经不再是三月的清晨,而是星期三阳光灿烂的正午,他终于能心满意足地看着那些不相信他的人张着嘴盯着搁浅在教堂前面的这艘阳世阴间最大的船,它比什么都白,比教堂的钟楼高出二十倍,比整个村子长出九十七倍,船身上用铁铸的字母标着它的名字:死亡之星①,船两侧仍然在向外流淌着来自死亡之海的古老的、毫无生气的水。

一九六八年

---

① 原文为匈牙利语。

出售奇迹的好人布拉卡曼

Blacamán el bueno, vendedor de milagros

自从第一次看见他的那个星期天起,我就觉得他像是斗牛士助手骑的骡子,他的天鹅绒肩带上露出金线的针脚,十根手指上戴满了五颜六色的宝石戒指,辫子上还拴着一条响尾蛇的尾巴。在达连的圣马利亚港口,他站在一张桌子上,脚边是他自己配制的一瓶瓶特效药,还有些安慰人心的草药。那段时间他扯着破锣嗓子在加勒比沿岸的村镇到处叫卖,只不过那一回他并不打算向那群脏兮兮的印第安人兜售什么,而是让他们去找一条活蛇来,他要在自己身上检验他发明的解毒药。独门奇药啊,女士们,先生们,蛇咬的,蜘蛛咬的,蜈蚣蜇的,任何种类的毒物,它都能解。有个人像是被他的决心打动了,不知道从哪儿弄来一条毒性奇大的马帕纳蛇，就是那种直接麻痹呼吸系统的家伙，装在玻璃罐里给他拿了过来，看他急不可待地打开盖子的样子，大家都以为他是要把那条蛇一口吞进肚里，可是，那畜生刚意识到获得了自由，便从玻璃罐里蹿了出来，照着他的脖子来了一口，他的演讲立马中断了，这江湖郎中勉强来得及吞下一片解药，就一头栽倒在人群中，高大的身躯在地上滚来滚去，像是一具空壳子，但他一直在笑，露出满口金牙。港口停泊着一艘来自北方的装甲舰，说是来友好访问的，一停就停了差不多二十年。舰上这时一阵喧嚣，宣布实行隔离，以免蛇毒蔓延到舰上去。那天是复活节前的星期天，人们做完弥撒，带着被祝福过的棕榈枝往外走，谁都不想错过这场中毒的好戏。他身上开始肿胀，比先前胖了一倍，散发出死亡的气息，嘴里溢出胆汁的泡沫，浑身的毛孔都在张大，但他还在笑，笑得那么起劲，那条响尾蛇的尾巴在他身上甩来甩去，发出啪啪的声响。他身上肿得连绑腿的带子和衣服的接缝都崩开了，手指头被戒指勒成了腌鹿肉的颜色，屁股底下流出了临死之际的粪渣，凡是见过人被蛇咬的都知道，他在死之前会浑身溃烂，不剩一块好肉，到最后人们将不得不拿铲子把他铲起来丢进麻袋，但是大家同时也在想，哪怕是烂成了一堆锯末，他也会继续笑下去。这情形太离奇了，海军陆战队的士兵们纷纷登上舰桥，举起带长焦镜头的相机，想给他拍些彩色照片，但那群刚做完弥撒出来的女人没让他们得逞，她们用一床被子盖住了这个垂死的人，又将被祝福过的棕榈枝压在被子上，有几位是因为不喜欢海军陆战队的士兵用他们异教徒的机器亵渎这具躯体，另外几位是害怕眼睁睁看着这个崇拜偶像的家伙大笑着死去，还有几位是想至少这样可以让自己的灵魂得到净化。所有人都以为他死定了，这时他拨开了棕榈枝，因为刚才那番折腾，他依然有些迷迷瞪瞪的，没有完全恢复过来，但他没要任何人帮忙，像只螃蟹一样爬上桌子，重新开始叫卖，各位都亲眼看见了，解毒的灵药正是装在这个小瓶里的上帝之手，只卖两个夸尔蒂约，因为我发明这种药不是为了挣钱，而是为了人类的福祉，谁要来一瓶，女士们先生们，别挤别挤，人人都能买到。

人们自然挤成了一团，他们做得对，因为到最后并不是人人都能买到。连那艘装甲舰的司令官都买了一瓶，他也被说服了，相信这药对于无政府主义者用毒药浸过的子弹也有效,军舰上的其他人没拍到他死亡的照片,这会儿不但拍了许多他站在桌子上的照片,还纷纷请他签名留念,一直签到他手臂抽筋为止。天快黑了,码头上只剩下几个最呆的家伙,他用目光搜寻着,想找一个面带傻气的家伙帮他把瓶瓶罐罐收起来,自然,他把目光停在了我身上。那就像是命运的一瞥,对我对他都是如此,因为从那时起已经过去一百多年了,我们两个人一想起来都还觉得就像是上个星期天发生的事情。我们把他用来变戏法的那堆东西装进那口紫色包边的箱子,那箱子看上去更像学者的棺材了,当时,他一定是在我身上看到了某种先前没有看到的灵光,因为他没好气地问了我一句,你是干什么的,我对他说,虽说我爸爸还没死,但我是这里唯一一个没爹没妈的孤儿,他哈哈大笑,笑得比之前中毒的时候还厉害,然后问我平常都做些什么,我告诉他我什么也不做,只是活着,因为别的事都没意义,他笑得流下了眼泪,又问我在世上最想学什么本事,这是我唯一一次丝毫没有开玩笑,说的是大实话,我说我想当个算命先生,这下他不笑了,像是在思索什么,然后大声告诉我,当算命先生我已经差不多够格了，因为我具备了最基本的素质，长了一张傻瓜的脸。就在那天晚上，他去找我爸爸谈了谈，花了一雷阿尔加两夸尔蒂约，外加一副能算出谁跟谁通奸的扑克牌，就把我永远买走了。

这就是那个坏蛋布拉卡曼，这么说是因为还有一个好人布拉卡曼，那就是我。他那张嘴能让一个天文学家相信，二月份不过是一群看不见的大象，但当运气离他而去，他也会变得铁石心肠。在最风光的岁月里，他曾经给好几任总督的尸体做过防腐处理，大家都说，他把他们的脸装扮得如此庄严，以至于他们在死后好多年里把这里管理得甚至比他们生前还要好，在他把他们的脸恢复成死人模样之前，没有人敢把他们埋进土里。但后来他的威望遭遇挫折，因为他发明了一种永远下不完的象棋，一个教士下着下着疯掉了，还有两位有名望的人自杀了，他从占梦师沦落为生日宴上的催眠者，从有灵力的拔牙师沦落为集市上的江湖郎中，到了我们见面的时候，连那些海盗都不屑于正眼看他了。我们四处游荡，兜售骗人的把戏，整日处心积虑地推销能让走私犯隐身逃遁的秘方，教那些受过洗礼的妻子悄悄在汤里滴几滴药水，好让她们的荷兰丈夫对上帝心存畏惧，女士们先生们，你们想要买任何东西都出于自愿，因为这不是命令，只是一种建议，归根结底，幸福也并不是人生义务。虽然我们经常为他的种种好主意笑得死去活来，但事实上我们几乎连肚子都填不饱，于是他把最后一线希望寄托在我算命的天分上。他把我装扮成日本人的模样，拿船上用的铁链拴住，装进那口棺材般的大箱子里，当他在搜肠刮肚想词儿说服大家相信他的新玩意儿时，我可以给人算命，女士们先生们，看看这个饱受埃塞基耶尔萤火虫折磨的家伙吧，那边那位，看您一脸不相信的样子，您敢不敢问问他您的死期是什么时候，问题是我从来就没算准过，我经常连当天是几月几号都不知道，最终，他对我干算命先生这一行的前途彻底绝望，因为饿得头昏脑涨，就算我的某个器官能未卜先知，也早被搅得乱了套。为了转运，他用棍子教训了我一顿，之后，他决定把我送回我爸爸那里，把钱要回来。但那些天他忽然迷上了研究如何将痛苦产生的电能用于实际应用，他造了一台缝纫机，靠吸附在疼痛部位的吸盘来带动。我被他打得整夜叫唤个不停，他因此把我留下来测试他的新发明，这样一来，我回家的事就被延后了，他的情绪也渐渐好转了，最后，那架缝纫机运转得太棒了，不但比一般新手缝得好，还能根据疼痛的位置和程度绣出各种花鸟来。正当我们确信自己时来运转，陶醉在胜利中时，突然有消息传来，说那艘装甲舰的司令官想在费城重现那场解毒实验，结果当着全体参谋人员的面变成了一摊肉泥。

在很长一段时间里，他都没再笑过。我们顺着印第安人的峡谷小道逃走了，逃亡中传来的消息越来越清晰，海军陆战队打着消除黄热病的旗号入侵了我们国家，杀光了一路上遇到的所有陶器贩子，不管是长期从事这一行的还是偶一为之的，他们不光出于戒备杀当地人，也杀中国人作为消遣，杀黑人是他们一贯的做法，而杀印度人则是因为看不惯他们玩蛇，之后，他们把我们的动植物资源一抢而空，还尽其所能掠走了我们的矿产资源，因为他们那些研究我国问题的专家教导过他们，加勒比这一带的人能够改变自然，耍弄美国佬。我一直不明白他们这股疯劲儿是从哪儿来的，我们又为什么这么怕他们，直到我们安全脱险，沐浴在瓜希拉长年不断的和风之中，他才打起精神告诉我，他那些解药不过就是大黄加松节油，他给了那个托儿两夸尔蒂约那家伙才给他弄了条没毒的马帕纳来。我们在一幢废弃的殖民地时期的传教士的房子里住了下来，无望地等待走私贩子从这里经过，这是我们唯一指望得上的人，只有他们才会顶着烈日冒险进入这片不毛之地。一开始我们吃的是熏蝾螈配瓦砾间的花朵，把他的皮绑腿煮来吃的时候，我们也还笑得出来，最后，我们连水池子里的蜘蛛网都捞出来吃了，到这时我们才明白外面的世界对我们有多重要。我那时候丝毫不知道怎么对付死亡，只会找块平整一点儿的地方躺着等待死神降临。而他却满嘴胡话，回忆起一个娇柔的女子，她叹口气就能穿墙而过。这些编造出来的回忆也是他的一种策略，为的是用爱的遗憾骗过死神。然而，当我以为我们可能已经死了的时候，他却活蹦乱跳地出现在我身边，整夜看护着垂死的我，他想心事的时候特别使劲，常常让我弄不清楚那断垣残壁之间呼啸而过的究竟是风还是他的所思所想，天亮之前，他用一如既往的声音带着一如既往的坚定对我说，他总算想明白了，是我扭转了他的好运，所以呢，把裤子系好，你扭转的，你还得给我弄顺了。

从那时起，我对他曾经有过的那点儿好感消失了。他扒掉了我身上最后几片破布，用带刺的铁丝网围住我,拿硝石在我的伤口上来回蹭,把我泡在自己的尿里,拴住我的脚踝把我吊在太阳底下暴晒,嘴里还嚷嚷着,说那些折磨不足以平息他的怒火。最后,他把我扔进当年传教士们用来惩戒异教徒的地牢,让我自生自灭,又用还没忘的那点儿口技学动物吃东西的声音,学成熟的甜菜地里沙沙的风声,学泉水潺潺流动的声音,他就是想用幻觉来折磨我,让我觉得自己正在天堂里潦倒地死去。当走私贩子们终于来接济他的时候,他下到地牢里,随便扔了点儿吃的给我,免得我被饿死了,但接下来我得为他的这点儿好心付出代价,他用钳子拔掉我的指甲,用磨石敲掉我的牙齿,我唯一能宽慰自己的是,只有活下去,才会有时间和运气用更严厉的折磨回敬我遭受的恶行。连我自己都感到吃惊,在我的屎尿、他倒下来的剩饭剩菜,以及他丢在角落里的腐烂的蜥蜴和雀鹰的包围下,在地牢里毒得死人的空气中,我居然挺了过来。不知过了多长时间,有一回他给我带来一只死兔子,为的是表明他宁愿让它烂了臭了也不愿给我吃,我的忍耐到了头,心里只剩下仇恨,我一把抓住兔子的耳朵朝墙上扔了过去,心里幻想着将要在墙上摔烂的不是兔子而是他,然后,就像在梦里发生的一样，那兔子发出一声尖叫，居然活了过来，还在空中踏着步子走回到我手中。

我的好日子就这样开始了。从此以后，我满世界转悠，收两个比索就能让打摆子的人不再发烧，收四个半比索就能让瞎子重见光明，收十八个比索就能让人消除水肿，残疾人要想重获健全肢体，如果是天生的，我收二十比索，如果是事故或是打架落下的，收二十二比索，如果是地震、战争、陆战队登陆或是别的什么天灾人祸造成的，一律收二十五比索，一般的病人通过某种特殊安排按批发价收费，给疯子看病依具体情况收费，小孩儿只收半价，傻子免费，看谁敢说我不是个慈善家，女士们先生们，现在，说您呢，第二十舰队的司令官，让您的小伙子们把路障撤了，好让那些生病的人过来，得麻风病的靠左，得癫痫的靠右，残疾的哪儿不碍事待哪儿，不是急病的全都给我往后退，请各位都别挤，要是病情被弄混了，治的不是你得的病，我可不负责任，乐队呢，接着吹打，吹打到铜管烫手为止，放鞭炮的接着放，放到天使们觉得烫为止，酒尽管上，喝到不省人事为止，帮工的、走钢丝的、屠夫、照相的，全都过来吧，账都算在我身上,女士们先生们,布拉卡曼的坏名声从此一笔勾销,接下来大家开始狂欢吧。我施展出议员们惯用的手段麻痹大家,以防万一我出了岔子,有些人变得比先前更糟糕。我唯一不干的就是让死人复活,因为他们一睁开眼睛,就会气冲冲地把改变他们存在状态的家伙打个半死,到最后,他们不是自杀,就是失望而死。刚开始的时候,有几个聪明人在我身后穷追不舍,调查我干的这些事是否合法,确认没有问题之后,他们用术士西门的地狱来吓唬我,建议我过苦修的生活,说这样就能超凡入圣,我没有蔑视他们的权威,我告诉他们我正是从苦修入门的。事实是,死后封圣对我毫无益处,我是个艺术家,唯一想要的就是活着,好继续像朵落在驴身上的纯洁的花,坐在我这辆六缸敞篷车里,这是我从海军陆战队的领事手上买来的,给我开车的特立尼达司机过去在新奥尔良海盗歌剧院唱男中音,我穿着真丝衬衣,用着东方护肤品,镶着黄玉牙齿,头上戴着鞑靼式的帽子,脚上穿着双色靴子,睡觉的时候不用定闹钟,跳舞的舞伴总是各地的选美皇后,我满嘴的华丽辞藻每每让她们意乱情迷,万一哪个圣灰星期三我的能力消失了,我也不会太过担心，因为只要拥有这张傻瓜的脸蛋，我就可以继续过着部长一样的生活，更何况我还有数不清的店铺，从这儿一直排到比天边的晚霞还远的地方，过去游客来我们这里花钱参观旗舰，现在，他们挤破头想要得到我的花体签名照片、印着我写的爱情诗的日历、有我肖像的纪念章、用我的衣服裁成的布条，这还没算那尊白天晚上都矗立在那里的我骑着马的大理石雕像，和那些祖国之父的雕像一样，身上落了不少燕子屎。

可惜那个坏蛋布拉卡曼不能把这个故事再讲一遍，否则人们将会看到其中毫无虚构的成分。最后一次在这个世界上被人看见的时候，他早已没了当年的神采，沙漠里恶劣的自然环境让他失魂落魄，骨头也快散架了，但他仍旧保留着几根响尾蛇的尾巴，以及那口永不离身的棺材似的大箱子，以便重现当年达连的圣马利亚港的那个星期天，只不过这一次他不卖解毒药了，而是用他那破锣嗓子请求海军陆战队的士兵当众给他一枪，他要用自己的肉身来证明我这个超自然的造物拥有让死人复活的能力，女士们先生们，你们完全有理由不相信我，因为长期以来我这个骗子和造假者屡屡让你们上当，我以我母亲的骸骨起誓，今天的实验没什么玄乎的，只是再普通不过的事实，为了不留下任何疑问，各位请睁大眼睛看好了，这次我不会再像从前那样笑了，而是会尽力克制着不哭出声来。为了使他的话更有说服力，他两眼含着泪水，解开衬衣扣子，用力拍打着自己的胸膛，指出哪儿是最合适一枪毙命的地方，但海军陆战队的士兵们没敢开枪，星期天人太多，他们害怕败坏了自己的名声。有个人也许是对从前上当受骗的经历仍旧耿耿于怀，不知道从哪儿弄来些巴巴可鱼毒草的根须，就是能让加勒比海的石首鱼全都漂上水面的那种草，装在罐头盒里递给他，他急不可待地打开盒子，像是真的要把它们吃下去，他确实吃了，女士们先生们，请不要激动，也不要祈祷让我安息，这次的死亡不过是趟旅行。这回他没有捣鬼，连那种唱戏一样的喉音都没有，他像螃蟹一样爬下桌子，在人们怀疑的目光中，在地上找了个最合适的位置躺下来，他看着我，就像看着一位母亲，眼睛里仍旧含着男人的泪水，身体因为痉挛弯过来又扭过去，最终双臂环抱着咽了气。当然，这是我唯一一次失手。我把他装进那口尺寸颇有预见性、足以容纳他整个人的大箱子，让人给他唱了三天弥撒，花了我五十枚面值四比索的金币，因为主持仪式的神父穿的衣服是用金线绣的，且有三位主教出席，我还让人给他建造了一座帝王般的陵墓，在一处山冈上，面对着安详的大海，旁边有一座专门为他建的礼拜堂，还有一块铁铸的墓碑，上面用哥特体大写字母刻着：这里安息着布拉卡曼，所谓的坏人，捉弄过海军陆战队的人，科学的牺牲品。当我觉得这些荣光足以抵清他的德行之后，我开始对他的恶行实施报复，我让他在封得严严实实的棺材里复活，让他在那里面惊恐地翻滚。这是发生在达连的圣马利亚港被蚁群吞噬之前很久的事了，但山冈上那座陵墓依旧完好无损，遮阴的龙口花直直向上，睡在大西洋的风中，每次经过那里，我都会给他带去满满一汽车的玫瑰花，我的心也会因怜惜他的美德而隐隐作痛，但接下来，我会把耳朵贴在墓碑上，听他在那口已经破烂不堪的大箱子的碎片中哭泣，如果他又死了，我会再让他活过来，这个惩罚最有意思的地方在于：只要我活着，他就得在坟墓里活下去，也就是说，永远。

一九六八年

纯真的埃伦蒂拉和她残忍的祖母令人难以置信的悲惨故事

La increíble y triste historia de la cándida Eréndira y de su abuela desalmada

那阵恶风刮起来的时候,埃伦蒂拉正在给她的祖母洗澡。那幢大屋孤零零地矗立在荒漠中,墙上的灰浆斑驳脱落,在第一波狂风袭来的时候,连柱础都被撼动了。然而,对于狂乱的自然造成的这类危险,埃伦蒂拉和她的祖母早就习以为常,浴室装饰着罗马温泉风格的成对孔雀和马赛克拼成的孩童图案,她们在那里几乎没有注意到这阵狂风的猛烈程度。

大理石浴缸里,祖母裸着庞大的身躯,像头美丽的白鲸。小孙女刚满十四岁,神情倦怠,柔柔弱弱,就她的年龄来讲,她显得太过温顺了。她给祖母洗着澡,舒缓的动作中带着一丝神圣的僵硬,水是加了有净化功能的植物和香草叶子煮过的,那些植物和叶子粘在她湿漉漉的后背上,闪烁着金属光泽的、散开的头发间,以及结实的肩膀上,那上面文了一句水手们嘲弄人的话。

"我昨天夜里做了个梦,梦见我正在等一封信。"祖母说。

埃伦蒂拉平日里能不开口就不开口,这时她问了句:

"那梦里是星期几?"

"星期四。"

"那就是封带来坏消息的信。"埃伦蒂拉说,"但它永远也寄不到了。"

她给祖母洗完澡,把她送进卧房。老人太胖了,得扶着孙女的肩膀才走得动路,不然就得挂拐杖,那拐杖看起来就像主教的权杖。尽管祖母走路颤颤巍巍,她身上还是散发出古老的威严。卧室的装饰风格夸张,有点儿疯疯癫癫的,就像整座房子一样。埃伦蒂拉需要整整两个小时才能把祖母收拾停当。她先是把她的头发一缕一缕理顺,喷上香水,再梳得整整齐齐,然后给她穿上印满赤道花朵的裙子,给她脸上搽了粉,嘴上涂了口红,腮边扫上胭脂,眼皮上抹了麝香,还在指甲上抹了一层亮晶晶的珍珠粉。把她打扮成一个比真人还大的玩偶之后,埃伦蒂拉陪她来到一处人工修造的花园，那里的花儿香气逼人，和她的裙子一样令人呼吸困难，她在一把靠背椅上坐下，那椅子的气派不亚于帝王的宝座，然后埃伦蒂拉给一台带大喇叭的留声机放上唱片。

当祖母在往昔回忆的沼泽里游荡时，埃伦蒂拉开始打扫，这座大房子里光线昏暗，色彩凌乱，家具风格近乎疯狂，到处竖立着祖母所臆想出来的帝王的雕像，挂着带吊坠的枝形吊灯，摆着雪花石膏做的小天使，还有一架镀金的钢琴和无数式样尺寸出人意表的钟。院子里有个蓄水池，多年来由印第安仆人从很远的地方背来泉水储存在里面，水池边的铁环上拴了只病怏怏的鸵鸟，这是在这里恶劣的气候折磨下唯一能活下来的长羽毛的畜生。这座房子位于荒漠中心，离哪儿都很远，房子旁边有个小村庄，街道既寒酸又炎热，每当恶风来袭时，连山羊都孤独得想要寻死。

这处不可思议的庇护所是祖母的丈夫建的，那个传奇的走私贩子名叫阿玛迪斯，祖母和他生了个儿子，名字也叫阿玛迪斯，也就是埃伦蒂拉的父亲。这个家族来自何方又为何搬到这里，谁也说不清楚。在印第安人中间流传最广的说法是，老阿玛迪斯的漂亮老婆是他从安的列斯群岛的一家妓院里救出来的，她在那儿用刀捅死了一个男人，他把她带到这片荒漠里，让她永远避开法律的惩罚。老阿玛迪斯和小阿玛迪斯先后死去，一个在忧虑中发烧而死，另一个在和人打架时被乱刀捅死，女人把两具尸首都葬在院子里，辞退了十四个光脚干活的女用人，在这座阴森森的大宅里继续她的辉煌梦想，家里的活儿全靠小孙女，这孩子是个私生女，从生下来就养在她身边。

每次光是给宅子里所有钟表上发条对时间，就得花掉埃伦蒂拉六个小时。开始走背字的那一天，她倒不用照看那些钟表，因为之前上好的发条足够它们走到第二天上午，但她得给祖母洗澡外加梳洗打扮，还要擦地板，做午饭，清洁玻璃器皿。快十一点的时候，她给鸵鸟的桶里换了水，又给两个阿玛迪斯挨在一起的坟墓上的野草浇了水，她不得不顶着越来越邪乎的大风行动，但并没有预感到，那是一场将给她带来厄运的风。十二点钟，她正在擦拭最后几只香槟酒杯，突然闻到一股肉汤的香味，她急忙跑向厨房，一路上巧妙地左躲右闪，以免碰倒那些从威尼斯买来的玻璃制品。

锅里的汤已经开始往外溢了,她勉强赶上把锅从炉子上端下来。接着她把准备好的炖菜放在火上,抓紧时间在厨房的一张凳子上坐下来喘口气。她闭上眼睛,再睁开时脸上的倦意已然消失,她把汤盛到汤盆里。她一边做着这些一边睡觉。

　　祖母已经在一张大宴会桌的一头就座,桌上摆着银烛台和够十二个人用的餐具。她摇了摇铃铛,埃伦蒂拉几乎是立刻就把冒着热气的汤盆端了上来。盛汤的时候,祖母发现她在梦游,用手在她眼前晃了晃,像是在擦一块看不见的玻璃。女孩没看见那只手。祖母的目光追随着她,当埃伦蒂拉转过身要回厨房的时候,祖母一声大喝:

　　"埃伦蒂拉!"

　　女孩猛地惊醒,手里的汤盆掉在了地毯上。

　　"没什么,孩子。"祖母的声音透着几分温柔,"你又走着路就睡着了。"

　　"我的身体这样睡惯了。"埃伦蒂拉替自己辩解道。

　　她捡起汤盆,仍旧迷糊着,想去把地毯上的汤渍清理掉。

　　"先别管了。"祖母叫住了她,"下午再洗吧。"

因此，那天下午埃伦蒂拉除了惯常要干的活计之外，又多了清洗餐厅地毯这件事，既然已经在洗衣池那儿忙活了，她顺便把星期一的衣服也洗了，与此同时，狂风在房子周围兜着圈子，想找到一个缝隙钻进来。她要干的活儿太多了，不知不觉天已经黑了，等她把餐厅地毯重新铺好，已经到了该睡觉的时候。

祖母一下午都在胡乱弹着钢琴，一边用假声唱着她那个年代的歌曲自娱自乐，眼皮上抹的麝香上还挂着泪珠。但一穿上那件薄纱睡衣躺在床上，她立刻便从那些美好回忆的苦涩余味中回过神来。

"明天早上把客厅的地毯也洗洗。"她对埃伦蒂拉说，"从家里还热闹的时候起，那地毯就没见过阳光。"

"好的，奶奶。"女孩应道。

女孩拿起一把羽毛扇，给那个冷酷的胖女人扇风，那女人沉沉睡去，嘴里仍念念有词，给女孩安排晚上要干的活儿。

"睡觉之前把所有衣服都熨了，这样你也能睡得踏实点儿。"

"好的，奶奶。"

"把衣柜都好好检查一遍，晚上一起风，那些蛀虫的胃口就特别好。"

"好的,奶奶。"

"剩下的时间你把花都搬到院子里去,让它们呼吸呼吸新鲜空气。"

"好的,奶奶。"

"再给鸵鸟添点儿食。"

她已经睡着了,但还在不停地下达命令,她那小孙女边干活儿边睡觉的本事就是从她这里遗传的。埃伦蒂拉悄悄走出房间,手里忙着晚上最后几件活儿,嘴里还在回应着早已进入梦乡的祖母下达的命令。

"给那两座坟上也浇点儿水。"

"好的,奶奶。"

"上床睡觉之前,检查一下是不是所有东西都各就各位了,不管什么东西,没放在该放的地方就坏得快。"

"好的,奶奶。"

"要是那两个阿玛迪斯来了,告诉他们别进屋,"祖母说,"波菲里奥·加兰那帮人正等着要杀他们呢。"

埃伦蒂拉没再回应,她知道祖母这是开始说梦话了,但她吩咐的事她一件也没落下。她检查完窗户插销,又把灯全都熄了,这才拿起餐厅的一个烛台照着路回了自己的卧室,在狂风的短暂间隙,熟睡的祖母平稳的呼吸声清晰可闻。

她的卧室虽说比不上祖母的,陈设也很华丽,堆着许多娃娃和需要上发条的动物玩具,那是她在逝去不久的童年岁月玩的。一天下来,埃伦蒂拉被没完没了的活儿累坏了,连衣服都懒得脱,把烛台往床头柜上一放,一头倒在了床上。过了一会儿,那股让她倒霉的风钻进了房间,就像一群恶犬,把烛台推倒在窗帘上。

天亮的时候,风终于停了,大颗的雨点稀稀拉拉地落下来,浇灭了最后的火星,房子烧成的灰烬结成了硬块,还在冒着烟。村里的人们,大多数是印第安人,尽力从废墟中抢救了点儿东西出来:鸵鸟已经烧成了焦炭,镀金的钢琴只剩个架子,扒出来的一尊雕像只剩下躯干。祖母看着她剩下的这点儿财产,脸上的阴云厚得简直穿不透。埃伦蒂拉坐在两个阿玛迪斯的坟头中间,已经不哭了。当祖母确信能从废墟中抢救出来的完好之物寥寥无几的时候,她看了看孙女,眼睛里透出真诚的惋惜。

"我可怜的孩子。"她叹了口气,"我的损失你这辈子都还不完。"

就是从这天起,女孩开始偿还祖母的损失。在轰鸣的暴雨声中,祖母带她走进村里一位杂货店店主家,这是个又瘦又老的鳏夫,在这片荒漠里颇有名气,因为他总是会付给处女很好的价钱。面对祖母毫不回避的期待神情,鳏夫用一种近乎科学的严厉态度审视了一番埃伦蒂拉:他看了看她大腿的力量、乳房的尺寸和屁股的大小。在计算出女孩的价值之前,他一声不吭。

"太嫩了点儿。"他终于开口了,"奶头跟母狗的差不多大。"

他让女孩站在一台秤上,他要用数字来说话。埃伦蒂拉重四十二公斤。

"她最多值一百比索。"鳏夫说。

祖母勃然大怒。

"一百比索就想得到一个新崭崭的姑娘!"她几乎是喊了出来,"不可能,伙计,你太不识货了。"

"我最多出一百五。"鳏夫说。

"这丫头让我损失了一百多万比索。"祖母说,"按这样的速度,她两百年才能还完我的钱。"

"算你走运，"鳏夫说，"这孩子唯一的优势就是她的年纪。"

狂风暴雨中，房子像是要散架了，房顶漏得一塌糊涂，里面的雨几乎和外面的一样大。一片混乱之中，祖母觉得分外孤独。

"至少加到三百吧。"她说道。

"两百五。"

最后他们以二百二十比索现钱外加一些吃食成交。祖母叫埃伦蒂拉跟那个鳏夫走，那家伙牵着埃伦蒂拉的手，像是送孩子去上学一样，把她带往小店后面。

"我在这里等你。"祖母说。

"好的，奶奶。"埃伦蒂拉应道。

小店后面是个棚屋，由四根砖砌的柱子支撑着，顶上铺的棕榈叶已经烂掉了，围了一圈三英尺高的土坯墙，风雨正从屋外蹿进来。墙头放了几盆仙人掌和别的耐旱的花草，两根柱子之间拴着一张褪色的吊床，像一条漂泊的小船上张开的帆一样猎猎作响。透过风雨的呼啸，可以听见远处传来人们的叫喊声、动物的嘶叫声，以及翻了船的人们的哭号。

埃伦蒂拉和鳏夫走进棚屋的时候不得不竭力稳

住,暴雨把他们浇得浑身湿透,还差点儿把他们打翻在地。在风雨的怒吼中,他们听不见对方说了什么,但他们的动作变得格外清晰。鳏夫刚一动手,埃伦蒂拉就开始尖叫,竭力想要逃开,但声音被雨声盖住了。鳏夫一言不发,抓住她的手腕,扭住她的胳膊,把她向吊床拖去。女孩在他脸上抓了一把,又一次发出无声的尖叫,他重重的一记耳光把她打得离开了地面,她在空中停留了一小会儿,美杜莎般的长发在空中飘舞。鳏夫不等女孩落回地面,一把将她拦腰抱住,粗鲁地扔到吊床上,用膝盖压制住她,让她动弹不得。埃伦蒂拉完全被恐惧征服了,失去了知觉,仿佛被一条在暴风骤雨间游弋的发光的鱼迷住了,与此同时,鳏夫像是在拔草一样,一件一件地撕扯她的衣裳,把它们撕成一条一条的,五颜六色的长布条像彩纸条一样飘舞着,随风而去。

当村里再也没有一个男人能付钱同埃伦蒂拉睡觉的时候,祖母带着她上了一辆卡车,前往走私贩子们活跃的地方。她们坐在露天的车厢里,身旁堆着一袋袋大米和一桶桶黄油,再就是火灾之后剩下来的那点儿东西:配得上总督的那张大床烧剩的床头,一尊战斗天使,一把已经烧焦的王座,还有一些没有任何用处的破烂家什。另有一口大木箱,上面画了两个粗大的十字,里面装着两个阿玛迪斯的骨骸。

祖母撑着一把开了线的伞遮挡永远那么烈的阳光,浑身的汗水和灰土折磨得她喘不上气来,即便落到这个地步,她仍旧保持着那份尊贵。在一排排铁桶和米袋子后面,埃伦蒂拉为了付路费和家具的运费同卡车上的搬运工做爱,每次可以挣到二十个比索。一开始,她用对付鳏夫的那一套来保护自己,但这个搬运工的手段大不一样,他慢条斯理,一副很有经验的模样,最终用他的温柔驯服了她。因此,经过一整天要命的行程到达第一个村子的时候,埃伦蒂拉和搬运工正在欢爱的余韵中躺在货物垒成的墙壁后面休息。卡车司机向老祖母高声喊道:

"从这儿开始,就是花花世界。"

祖母用疑惑的眼神看着这个村子,街道一副穷酸相,空空荡荡,比她刚刚离开的那个村子大一点儿,但同样可怜巴巴。

"看不出来啊。"她说。

"这里是传教团的地盘。"司机告诉她。

"我对慈善没有一丁点儿兴趣,我感兴趣的是走私贩子。"祖母答道。

埃伦蒂拉躲在货物后面,听他们说着话,一边把手指头戳进一个米袋子里。突然,她碰到一根线,用手一拉,竟然拉出一串珍珠项链。她吃惊地看着这串项链,项链绕在手指上,像条死蛇,这时,司机正在回应祖母的话:

"别白日做梦了,太太。没有什么走私贩子。"

"怎么会没有?"祖母说道,"您就告诉我吧。"

"那您就自己去找吧,看看能不能找得到。"司机心情不错地逗弄她,"人人都在谈论他们,可是谁也没有见过。"

搬运工看见埃伦蒂拉扯出了一根项链,急忙夺下它,重新塞回米袋子里。虽然这个村子寒酸,祖母还是决定留下来,她叫孙女过来帮她下车。埃伦蒂拉给了搬运工一个吻作为道别,匆匆忙忙,却是自愿的,真诚的。

祖母把宝座放在街道中央,坐下来等候他们把东西卸下来。最后搬下来的是装着两个阿玛迪斯骨头的大箱子。

"这玩意儿重得像个死人。"司机笑着说。

"是两个死人。"祖母说,"所以,对他们放尊重些。"

"我敢打赌,这里面装的准是用象牙雕成的人像。"司机笑着说。

他把装着骨殖的大箱子随随便便往那堆烧得黑乎乎的家具中间一放,对着祖母伸出一只手。

"五十个比索。"他说。

祖母往搬运工那儿一指。

"已经给您的仆人了。"

司机吃了一惊,朝他的助手望去,那人朝他做了一个肯定的手势。司机走回驾驶室,驾驶室里还坐着一个身穿丧服的女人,怀里抱了个孩子,那孩子正热得哭哭啼啼的。搬运工信心满满,对祖母说道:

"要是您没什么意见的话,埃伦蒂拉就跟我走了。我这可是一片好意。"

女孩吓了一跳,连忙说道:"我可什么都没说!"

"这全是我的主意。"搬运工说道。

祖母从头到脚打量了他一番,不是看不起他,而是想看看他到底有多大胆。

"我觉得这主意不坏。"她说,"条件是你得赔偿她粗心大意给我造成的损失。总共是八十七万两千三百一十五比索,减去她已经还给我的四百二十比索,还差八十七万一千八百九十五比索。"

这时卡车启动了。

"请您相信我,要是我真有这么一大笔钱的话,我一定会付给您的。"搬运工说得十分认真,"这姑娘值这么多钱。"

小伙子的这份决心让老祖母很开心。

"那就等你有了钱再来吧,孩子。"她用同情的语调说道,"但现在你最好走开,要是我们算一算细账的话,你还差我十个比索呢。"

搬运工跳上车厢,卡车开动了。他朝埃伦蒂拉挥手道别,但女孩还沉浸在惊恐之中,没有回应。

就在卡车放下她们的那块空地上,埃伦蒂拉和祖母用几块洋铁皮和破毯子搭了个小棚子住了下来。她们在地上铺了两张席子,睡得就像先前在那座大宅子里一样香,直到太阳从棚顶的窟窿照进来,把她们的脸烤得发烫。

那天早上,祖母一反往日,亲自给埃伦蒂拉梳洗打扮。她把她的脸涂得像死人一样惨白,这在她年轻的时候曾经是一种时尚,然后给她粘上假睫毛,头上系了个蝉翼纱的蝴蝶结。

"你看上去糟糕透顶。"她说,"但这样最好:在女人的事情上男人总是很蠢。"

虽然还看不见,但她们已经听出来有两头骡子正沿着荒野里的石头路朝这里走来。祖母一声令下,埃伦蒂拉马上在席子上躺下,就像大幕拉开之前一个业余女演员会做的那样。祖母拄着那根主教式的拐杖走出棚屋,坐在她的宝座上等着那两头骡子过来。

过来的是一位邮差,不到二十岁,只是因为干了这份差事显得老成些,他穿着卡其布制服,打着绑腿,头上戴了顶衬着软木的遮阳帽,武装带上别了把军用手枪。他骑着一头漂漂亮亮的骡子,手里牵着的另一头就差一点儿,身上驮着几个邮局的帆布包。

他从祖母面前经过时打了个招呼,继续向前,祖母示意他往棚子里看看。那人停了下来,看见埃伦蒂拉躺在席子上,脸抹得像死人一样白,身上穿了件镶着紫色花边的衣服。

"喜欢吗?"祖母问道。

邮差这才明白这两位打的是什么主意。

"斋戒期间干干这事儿倒也不坏。"他微笑着说。

"五十个比索。"祖母说。

"老天爷啊,您这是在抢钱!"邮差说,"那可是我一个月的伙食费。"

"别这么抠门。"祖母说,"航空邮差的薪水可比神父的都高呢。"

"我送的是国内邮件。"那人说,"航空邮差都是开着小汽车干活儿的。"

"不管怎么说,爱情和吃饭同样重要。"祖母说道。

"可是爱情喂不饱肚子哪。"

祖母意识到,像这样生活在别人的期待之中的男人有的是时间讨价还价。

"您身上有多少钱?"她问道。

邮差下了骡子,从口袋里掏出几张皱皱巴巴的票子,送到祖母面前。祖母伸出一只手,像抓球一样一把把钱抓了过来。

"我给您优惠价。"她说,"但我有个条件:您得替我们四处传传名。"

"我会把你们的名头一直传到世界另一头。"邮差说,"我干的就是这一行。"

埃伦蒂拉卸下让她没法眨眼的假睫毛,往席子的一边挪了挪,好让出地方给她这个临时情人。邮差一进棚子,祖母就用力拉上飘动的帘子,挡住入口。

这桩交易立刻见了效果。听了邮差的话,男人们大老远赶过来见识这个新来的埃伦蒂拉。卖彩票和卖吃食的摊贩也跟着来了,最后,一个摄影师也骑着自行车赶了过来,在棚子对面支起带三脚架的相机,上面罩了块黑布,后面还竖了块幕布,上头画了个小湖,还有几只没精打采的天鹅。

祖母坐在她的宝座上摇着扇子,仿佛对自己带来的热闹场面漠不关心。她唯一感兴趣的是让等候的顾客排好队,当然,要进去见埃伦蒂拉必须提前付费,一分也不能少。刚开始她很死板,甚至推掉了一位不错的顾客,只因为他手头差五比索。几个月下来,她在现实中学乖了,最后,钱不够的,用圣徒的像章、家传的宝贝、结婚戒指以及其他东西来抵账也可以,只要她的牙齿告诉她,那东西的确是金子,尽管不再闪闪发光。

在这个村子待了好长一段时间之后,祖母拿挣到的钱买了头毛驴,到荒漠里四处转悠,看看有没有更好的地方让孙女挣钱还债。她让人做了个驮架,放在驴背上,她坐在上面,埃伦蒂拉把那把快散架的伞举到祖母头顶,替她挡着天空中几乎一动不动的太阳。她们身后跟着四个印第安人,扛着零零碎碎的家当:睡觉用的席子、修整过的宝座、雪花石膏天使像,还有装着两个阿玛迪斯骨殖的大木箱。那个摄影师骑着自行车跟在这支队伍后面,但从不追上他们,就好像他是要去另外一个地方凑热闹似的。

从失火那天算起,已经过去六个月了,祖母总算可以把这桩生意盘点一下了。

"照这样下去,"她对埃伦蒂拉说,"再过八年七个月加十一天,你就可以还清欠我的账了。"

她闭上眼睛,把账又过了一遍,从一个装着钱的抽口袋里掏出点儿谷物放进嘴里嚼着,又说:

"当然,这还不包括几个印第安人的工钱加吃喝,还有别的零碎开支。"

埃伦蒂拉跟在毛驴旁边,被酷热和尘土折磨得筋疲力尽,她没对祖母算的这笔账说什么,一直强忍着不让自己哭出声来。

"我骨头里像有碎玻璃渣一样。"她说。

"那你就睡一会儿。"

"好的,奶奶。"

她闭上双眼,深深地吸了一口炽热的空气,在睡梦中继续前行。

地平线上尘土飞扬,一辆卡车驶过来,车上装着许多笼子,把羊群吓得东逃西窜,在圣米格尔荒漠星期天沉闷的空气中,叽叽喳喳的鸟鸣像一股清泉在流淌。方向盘后面坐着一个身材高大的荷兰农夫,户外生活使他皮肤粗糙,松鼠皮毛颜色的小胡子是从某一位祖先那里继承下来的。他的儿子尤利西斯坐在他身旁,这是个浑身长着金色汗毛的小伙子,一双海蓝色的眼睛里藏着一丝孤独,好像是一位悄悄来到人间的天使。那个荷兰人注意到了一间帐篷,当地驻军的全体士兵都在那间帐篷前面排队。士兵们坐在地上,一瓶酒传来传去,他们头上还插戴着巴旦杏树枝,像是在这里埋伏着准备打仗。荷兰人用自己的语言问道:

"这儿到底卖什么玩意儿?"

"卖一个女人。"他的儿子十分自然地答道,"她的名字叫埃伦蒂拉。"

"你是怎么知道的?"

"这片荒漠里人人都知道。"尤利西斯答道。

荷兰人在村里一家小旅店门口下了车。尤利西斯在车上多耽搁了一会儿,他飞快地打开父亲忘在车上的公文包,摸出一沓钱,抽出几张塞进自己口袋,又把一切恢复成原样。这天夜里,他的父亲睡着之后,他从旅店的窗户翻出去,到埃伦蒂拉的帐篷前排队。

那里的狂欢到了高潮。喝得醉醺醺的士兵们自顾自地跳着舞,不想浪费这不花钱的音乐,摄影师用镁光灯在夜里照着相。祖母一边照料生意,一边数着怀里的钱,她把钱分成同样大小的几捆,再码进一只篮子里。到了这会儿排队的士兵只剩下十二个了,但下午的时候又来了一些老百姓。尤利西斯排在最后一个。

轮到一个一脸丧气的士兵时,祖母拦住了他,并且避开了他递过来的钱。

"不行,孩子。"她对他说,"你就是把摩尔人的金子全都拿来也不能进去。你是个倒霉蛋。"

那个士兵不是本地人,吃了一惊。

"这话怎么讲?"

"你会带来厄运的,"祖母说,"只要看看你的脸就会知道。"

祖母没去碰他,只是做了个手势让他闪开,让下一个士兵进去。

"该你进去了,小伙子。"祖母和蔼地说,"别耽误太久,祖国还需要你呢。"

那位士兵走了进去,但立刻又出来了,因为埃伦蒂拉有话要跟祖母说。祖母把装钱的篮子挎在手臂上,进了帐篷,里面地方很小,但收拾得干净整齐。在顶头的一张帆布床上,埃伦蒂拉控制不住地浑身发抖,她被糟蹋得不成样子,身上被士兵们的汗水弄得脏兮兮的。

"奶奶,"她抽泣着说道,"我快要死了。"

祖母摸了摸她的额头,觉得她没有发烧,打算安慰她几句。

"只剩下十来个当兵的了。"她说。

埃伦蒂拉放声大哭,像受惊的野兽般尖叫。祖母这才意识到这孩子已经超过了恐惧的极限,于是抚摸着她的头,帮她平静下来。

"你就是有点儿虚弱。"她告诉女孩,"来,别哭了,用鼠尾草烧水洗个澡,你的血脉就会恢复正常。"

埃伦蒂拉慢慢平静下来，祖母走出帐篷，把钱退还给那个正在等候的士兵。"今天到此为止，"她对那个士兵说，"明天你来，我让你排在第一位。"然后她对还在排队的人喊道：

"今天结束了，小伙子们。明天早上九点钟再见。"

那些当兵的和老百姓排的队立刻乱了，大家吵吵嚷嚷地抗议。祖母心情不错，但手里毫不含糊地挥舞着那根能摧毁一切的权杖。

"你们这帮没心肝的！野人！"她叫道，"你们当这姑娘是铁打的吗？我倒想看看换成你们会是个什么德行。你们这帮变态！狗屎！"

男人们用更下流的话回敬她，但最终祖母还是控制住了混乱的局面，她手持拐杖守卫在门口，直到卖小吃的撤了摊子，卖彩票的也收拾东西走人。她正要回帐篷里去，突然看见尤利西斯孤零零一个人站在漆黑的空地上之前人们排队的地方。他身上仿佛带着光环，他的俊美散发出光芒，使他未被夜色湮没。

"你，"祖母招呼他，"你把翅膀落哪儿了？"

"长翅膀的是我爷爷。"尤利西斯平静地答道，"但这事儿从来没人相信。"

祖母又仔细打量了他一番。"可是我信,"她说,"明天你把翅膀装上再来吧。"她走进帐篷,把心里火烧火燎的尤利西斯留在原地。

洗完澡后,埃伦蒂拉觉得好些了。她换上一身绣花短睡衣,正在擦头发,准备睡觉。她仍在竭力克制自己,不让眼泪落下来。祖母已经睡着了。

尤利西斯从埃伦蒂拉床后面慢慢探出头来。看见那双清澈的眼睛里饱含着渴望,埃伦蒂拉没出声,先用毛巾在脸上擦了几把,才确定这并不是自己的幻觉。尤利西斯眨了眨眼睛,埃伦蒂拉压低了嗓音问道:

"你是谁?"

尤利西斯露出了肩膀。"我叫尤利西斯。"他说。他给她看了手里偷来的钱,又说了句:

"我带了钱。"

埃伦蒂拉手撑在床上,把脸凑近尤利西斯的脸,同他说话,就像是小学时做游戏一样。

"你该去排队的。"她告诉他。

"我排了整整一个晚上的队。"尤利西斯说。

"这会儿你得等到明天了。"埃伦蒂拉对他说,"我觉得腰上好像被人用棍子痛打了一顿似的。"

这时，祖母开始说梦话。

"最后一次下雨到现在有二十年了。"她说，"那场暴雨真叫人胆战心惊，雨水裹挟着海水，第二天早上家里到处是鱼和贝壳，你爷爷阿玛迪斯，愿他的灵魂安息，亲眼看见一条发光的蝙鲼在空中游来游去。"

尤利西斯赶紧又藏到床背后。埃伦蒂拉被逗乐了。

"别担心。"她对他说，"她一睡着就尽说胡话，但这会儿就是闹地震她也不会醒的。"

尤利西斯又钻了出来。埃伦蒂拉脸上带着调皮的、甚至有点儿温柔的笑容看着他，从席子上把用过的床单扯了下来。

"过来，"她对他说，"帮我换一下床单。"

尤利西斯从床后面走出来，抓住床单的一头。那条床单比席子大好多，他们对折了好几次，每对折一次，尤利西斯就离埃伦蒂拉近几分。

"我想见你都想疯了。"他突然说道，"人人都说你特别漂亮，果真如此。"

"可我就快要死了。"埃伦蒂拉说。

"我妈妈对我说过，人要是死在沙漠里，是不会升入天堂的，只会去到大海里。"尤利西斯说。

埃伦蒂拉把脏床单放在一边，在席子上铺了条熨得平平整整的干净床单。

"我没见过大海。"她说。

"就跟沙漠差不多，只不过全是水。"尤利西斯说。

"就是说不能在上面走路。"

"我爸爸从前认识一个人，能在水面上走路。"尤利西斯说，"但那是很久以前的事了。"

埃伦蒂拉听得入了迷，但她还是困了。

"明天你要是很早过来，就能排在第一个。"她说。

"天一亮我跟我爸爸就要走了。"尤利西斯说。

"你们还会回来吗？"

"谁知道什么时候能回来呢，"尤利西斯说，"这一次我们是碰巧路过这里，我们在边境迷了路。"

埃伦蒂拉看着沉睡的祖母，沉思了片刻。

"那好吧，"她做出了决定，"你把钱给我吧。"

尤利西斯把钱给了她。埃伦蒂拉在床上躺了下来，但尤利西斯站在原地，浑身发抖，到了关键时刻他的决心动摇了。埃伦蒂拉握住他的手，想让他抓紧时间，这才发现他有点儿不对劲。她很熟悉这种胆怯。

"是第一次吗？"她问道。

尤利西斯没有回答，只是苦笑了一下。埃伦蒂拉换了个方式。

"慢慢地呼气吸气。"她教他，"开头总是这样的，接下来不知不觉就好了。"

她让尤利西斯在自己身旁躺下，一边帮他脱衣服，一边像母亲一样抚慰他。

"你刚才说你叫什么来着？"

"尤利西斯。"

"这是个美国佬的名字吧。"埃伦蒂拉说。

"不，这是个航海家的名字。"

埃伦蒂拉解开了他的衬衣，在他的胸膛上亲吻着，用鼻子嗅着。

"你全身就像是用金子做的一样。"她说，"但闻起来有一股花的香气。"

"应该是柑橘的香气才对。"尤利西斯说。

他已经不那么紧张了，脸上露出了一丝坏笑。

"我们在车上装了很多小鸟来迷惑他们。"他补充道，"但其实我们要运到边境去的是走私的柑橘。"

"人们是不会走私柑橘的。"埃伦蒂拉说。

"这些柑橘可就不一样了。"尤利西斯说，"它们每个价值五万比索。"

很久以来埃伦蒂拉第一次大笑起来。

"你最让我喜欢的就是,"她说,"你说起瞎话来跟真的似的。"

她变得主动了些,话多起来,仿佛尤利西斯的无知不但改善了她的心情,连她的秉性都改变了。祖母对近在咫尺的厄运一无所知,继续说着梦话。

"差不多就是这个时候,三月初,他们把你带回家里。"她说,"你包在棉布里,像只小壁虎。你爸爸阿玛迪斯又年轻又漂亮,那天下午高兴的呀,叫人去买来二十车鲜花,沿着街道一面叫喊一面抛撒花朵,到最后整个村子成了一片花海。"

她就这样一连几个钟头高声说着梦话,始终激情不减。但尤利西斯什么都没听见,因为埃伦蒂拉那么想要他,那么真诚,就在老祖母满嘴胡话的时候,她又一次和他做爱,只收了他一半价钱,接下来一次又一次,完全免费,直到天亮。

一群传教士肩并肩站在荒漠里,手里高举着十字架。一阵狂风刮过来,和那场带来霉运的恶风差不多同样凶狠,他们的粗布长袍和脸上乱糟糟的胡须在风中飞舞,他们几乎站不稳。他们身后是教团驻所,那是一座殖民地时期的石砌建筑,粗糙的石灰墙壁上方有一个小巧的钟楼。

这群传教士的头领是他们中间最年轻的一位,他举起一根食指,指着板结的土地上一道自然形成的裂缝。

"不许越过这道线。"他喊道。

四个印第安人脚夫此刻正用木板搭成的轿子抬着老祖母,听到叫喊声,他们停下脚步。尽管坐在轿子里并不舒服,而且在沙漠里,汗和土弄得祖母无精打采,她依然傲气不减。埃伦蒂拉在一旁走着。轿子后面另有八个印第安人负责驮东西,最后面是那个骑着自行车的摄影师。

"沙漠不属于任何人。"祖母说道。

"沙漠属于上帝。"传教士答道,"而你们这种肮脏的生意正在亵渎上帝神圣的法律。"

祖母从这位说话的方式和措辞听出来他是从半岛来的传教士,这种人是不会让步的,她不想和他正面起冲突,便把气焰收敛了些。

"我听不懂你的话,孩子。"

传教士用手一指埃伦蒂拉。

"这还是个未成年的孩子。"

"可她是我的孙女呀。"

"那就更不像话了。"传教士反驳道,"您最好把她交给我们保护,否则我们将采取别的办法。"

祖母没料到他们的态度如此强硬。

"行,算你狠!"她害怕了,让了一步,"但迟早我还是会从这儿过去的,你等着瞧吧。"

遇到传教士们三天之后,祖母和埃伦蒂拉正在一个邻近修道院的村子里睡觉,有几个人一声不吭,像一支突袭小分队,悄悄地爬进了她们的帐篷。这是六个刚进修道院不久的印第安修女,年轻力壮,身上的粗布长袍在月光下似乎会发光。她们没弄出一点儿声响,用蚊帐把埃伦蒂拉裹住,抬了起来,都没有弄醒她,就这样抬走了裹得像一条被月光网住的易碎的大鱼的她。

祖母用尽了一切手段想从传教士手里夺回孙女。从最光明正大的到最曲折阴险的,没有一个奏效,这时她才想到去求助世俗权力,这权力眼下掌握在一个军人手里。她在那人的院子里见到了他,他正光着上身,举着一支打仗用的步枪,冲着明晃晃的天空中一朵孤零零的乌云射击。他想把这朵乌云打穿,好让它下点儿雨。他猛烈而徒劳地射击,但会不时停顿片刻听祖母说话。

"我无能为力。"听完之后,他向她解释道,"根据教廷和政府签署的宗教事务协定,神父们有权把那个小女孩留在他们那里,直到她长大成人。或者到她结婚。"

"那他们让您当这个镇长还有什么用?"祖母问道。

"他们要我设法让老天爷下雨。"镇长回答。

这时,他看见那朵乌云已经飘到了他的射程之外,便放下手上的公务,专心为祖母解忧。

"您这会儿需要的是一位有分量的人物来替您说句话,"他点拨祖母,"这个人可以写封信,签上大名,担保您道德高尚,品行优良。您认识奥内西莫·桑切斯参议员吗?"

祖母坐在烈日下,高贵的屁股下那张凳子又窄又小,她没好气地答道:

"在这片广阔的荒漠里,我不过是个孤苦伶仃的可怜女人。"

镇长的右眼由于炎热有点儿斜视,他同情地看着祖母。

"那您就别在这儿浪费时间了,女士。"他说,"您见鬼去吧。"

老太太自然没有去见鬼。她把帐篷往修道院对面一扎,坐下来开始沉思,像一个孤军奋战的勇士在扼守一座戒备森严的城堡。那位四处游荡的摄影师深知老太太的秉性,看见她坐在大太阳底下,目不转睛地盯着修道院,便把他那套家什收拾起来,绑在自行车后座上,准备独自离开。

"我倒要看看谁先吃不消,"祖母说,"是他们还是我。"

"他们已经在这里待了三百年了,仍旧坚持着,"摄影师说,"我要走了。"

祖母这才看见他自行车上捆得满满当当。

"你要上哪儿去?"

"风吹到哪儿我就上哪儿。"摄影师说完就走了,"世界大了去了。"

祖母叹了口气。

"也并不像你想象的那么大,没良心的东西。"

恨归恨,她连头都没回一下,她的双眼不能离开那座修道院。多少个白天,天热得像是在矿井里一样,多少个夜晚,四下里狂风乱舞,她就这样目不转睛地盯着修道院,那段时间正是冥思静修的日子,没人走出修道院一步。印第安人在帐篷旁边用棕榈叶搭起一座小棚子,拴上自己的吊床,但老祖母每天很晚才睡,她坐在宝座上打着瞌睡,不时从兜里掏出点儿未烹煮的谷物放进嘴里嚼着,带着卧倒的老牛身上的那种不可战胜的懒散气质。

一天夜里,一队蒙得严严实实的卡车从她身边慢慢开过,它们都没开车灯,只是车身绕了一圈彩色灯泡,看上去就像一座座幽灵般的在梦游的祭坛。祖母立刻就认出了这些车,因为它们和两个阿玛迪斯当年的卡车一模一样。车队最后面那辆放慢速度,停了下来,从驾驶室下来一个男人,到车厢里收拾什么东西。这人看上去就像是两个阿玛迪斯的翻版,帽檐翘起,脚蹬长筒皮靴,胸前交叉系着两条子弹带,背了杆军用步枪,还带了两把手枪。老祖母被一股无法抗拒的诱惑支配着,向那个男人开了口。

"你认不出我是谁了吗?"她问道。

男人毫不客气地举起手电筒朝她照过来。他仔细看了看那张因为彻夜不眠而显得疲惫不堪的面孔，那双因为劳累而显得暗淡无光的眼睛，还有那头灰扑扑的头发，这个女人虽说上了年纪，又累得够呛，脸上还被手电筒的光粗鲁地照射着，但曾经应该算得上世上第一等的美人。他端详了许久，最后确定自己从来没有见过她，便关上了手电。

"我唯一确定的就是，"他说，"您肯定不是救苦救难的圣母。"

"你正好说反了，"祖母的声音甜腻腻的，"我是女主人。"

那人下意识地把手放在了手枪上。

"什么女主人！"

"老阿玛迪斯家的女主人。"

"那您就根本不是这个世界的人。"那人说话时仍然很警惕，"您想要什么？"

"我想请你们帮我把小孙女救出来，她是老阿玛迪斯的孙女，是我们的儿子小阿玛迪斯的女儿，现在被关在这座修道院里。"

那人终于战胜了恐惧。

"您敲错门了。"他说,"要是您认为我们会插手上帝的事情,您就不是您自称的那个人,您也根本不认识什么阿玛迪斯,您他妈的根本不了解走私这活儿到底是怎么回事。"

这天凌晨,祖母睡得比前几天更少。她裹着条羊毛毯子,嘴里念叨个不停,一到夜里她的记忆就变得混乱,虽说并没有睡着,但被压抑的胡话一直挣扎着想往外冒,她不得不用手紧紧压住心口,免得一想起海边那座鲜花盛开的房子,想起在那里度过的幸福的日子,就喘不上气来。她就这样一直等到修道院里响起了钟声,窗口也亮起了灯,荒漠上飘来早晨的热面包的香味。直到这时,她才累得再也支撑不住,自欺欺人地想象着埃伦蒂拉已经起床了,正想方设法逃出来,好和她待在一起。

而自打被带进修道院,埃伦蒂拉每天晚上都睡得很香。那些人用修剪树枝的大剪刀给她剪了个毛刷子般的短发,给她套了件修女的粗布袍子,又往她手里塞了个装着石灰水的水桶和一把笤帚,让她每次有人上下楼梯就把每一级台阶都刷上一遍。这是个累死人的活儿,因为不断有满脚泥巴的传教士或是背着东西的修女上上下下。但埃伦蒂拉在经历了床上那种要命的苦役之后，觉得这里天天都像是星期天。此外，每天天黑的时候，不是只有她一个人累得半死，这座修道院并不是为了同魔鬼做斗争而建的，它要面对的是沙漠。埃伦蒂拉看见过修女们拳打脚踢地对付奶牛，把它们赶到圈里挤奶，还要整日在木板上跳个不停压制奶酪，外加伺候那些难产的山羊。她看见过她们像浑身黝黑的码头工人一样，满头大汗地从井里汲水灌溉简陋的菜园，那是别的修女们一锄头一锄头在沙漠的燧石地里开垦出来的。她见识过，烤面包的炉子前，还有熨烫衣服的房间里，热得就像人间地狱。她看见过一个修女在院子里攥一头猪，修女死死揪住猪的两只耳朵不肯松手，被那头野性十足的猪拖着，在泥里滚来滚去，直到另外两个系着皮围裙的修女过来帮忙，才把那头猪摁住，其中一个用一把尖刀割断了它的喉咙，三个人都弄得满身猪血和烂泥。她还在医院的隔离病房看见过那些得了结核病的修女，穿着寿衣坐在平台上，一面绣着结婚床单，一面等候着上帝最后的召唤，男传教士们则在沙漠里四处宣讲教义。埃伦蒂拉就这样躲在暗处，不时发现一些她过去在床上那个狭窄的世界里从未想象过的东西，有些很美，有些则很恐怖。但是，自从她被带进修道院的那天起，无论是性情粗犷的还是循循善诱的修女，谁也没能从她嘴里掏出一个字来。一天早晨，她正在给桶里的石灰加水，突然听到一阵弦乐声，就像一束比荒漠的阳光更加清澈的光。她被这个奇迹吸引住了，跑进一间空空荡荡的大厅，那里四壁光秃秃的，六月里炫目的阳光透过一扇扇大窗户倾泻进来，十分亮堂，在大厅中央，她看见一位美丽的修女在一架大键琴上弹奏着复活节的曲子，这个修女她以前从未见过。埃伦蒂拉眼睛一眨不眨地听着这首曲子，心悬在嗓子眼儿，直到开饭的钟声响起。吃完午饭，她用笤帚蘸着石灰水刷楼梯，等修女们不再上上下下，只剩下她一个人，谁也不可能听见她的声音的时候，她自进了修道院头一次开口说了话。

"我太幸福了。"她说。

这样一来，祖母对于埃伦蒂拉自己逃出来重新回到她身边的指望落了空，但她仍在坚持她那花岗石般顽固的围困，没有做出任何别的决定，直到圣灵降临节那个星期天。那段时间，传教士们一直在荒漠里转悠，寻找那些因为姘居怀孕的女人，让她们结婚。他们开着一辆破破烂烂的小卡车，带着四个全副武装的士兵和一箱子不值钱的玩意儿，连那些最偏僻的小村庄都跑遍了。这场针对印第安人的搜寻中最难的工作是说服那些女人，面对上帝的恩典，女人们会说出一些切切实实的理由替自己辩护，她们说结了婚以后男人就会觉得有权让自己的合法妻子比没结婚时的相好干更重的活儿，自己却躺在吊床上睡大觉。这时候就不得不使用一些诱哄的手段，把上帝的意志融进她们自己的话语中，好让她们不会觉得太刺耳。最后，连那些最难对付的女人都被几只金灿灿的耳坠子给说服了。对付男人则粗鲁得多，只要女人点了头，他们就会用枪托把那些男人从吊床上赶下来，用绳子一捆，装到车上，强行拉去结婚。

一连好几天，祖母都看见那辆小卡车满载着大肚子的印第安姑娘开进了修道院，但一直没找到机会。机会终于在圣灵降临节那个星期天降临了，那天，她听见了鞭炮声和钟声，看见一群穿得破破烂烂的人兴高采烈地去看热闹，人群中有几个大肚子的女人头戴花冠身披婚纱，各自挽着随便找来的男人，准备在集体婚礼上把他们变成自己的合法丈夫。

队伍最后走着一个懵懵懂懂的少年,留着葫芦状的印第安发型,穿得破破烂烂,手上拿了根系着丝带的大蜡烛。祖母叫住了他。

"告诉我,孩子,"她尽量让自己的嗓音听起来圆润些,"你跟着大伙儿是要去干什么呀?"

小伙子拿着大蜡烛,显得有些局促不安,此外,他长着龅牙,嘴合不拢。

"神父让我去领第一次圣餐。"

"他们给了你多少钱?"

"五个比索。"

祖母从兜里掏出一卷纸币,小伙子看得目瞪口呆。

"我给你二十个比索。"祖母说,"但不是让你去领第一次圣餐,而是让你去结婚。"

"跟谁?"

"我孙女。"

就这样,在修道院的院子里,埃伦蒂拉穿着修女的长袍,头上覆着修女们送的蕾丝头巾,连祖母给她买来的这个丈夫姓甚名谁都不知道,就结了婚。她怀着模模糊糊的期望,忍受着跪在硝石地面上的痛苦、两百个大肚子新娘身上山羊皮的膻味,以及在烈日下听传教士们用拉丁语诵读圣保禄书信的折磨,因为传教士们找不到什么办法来阻止这场意外的婚礼,但他们答应埃伦蒂拉会做最后一次努力,把她留在修道院里。然而,仪式结束的时候,当着教区主教、那位用枪射击乌云的镇长、她刚刚见到的丈夫以及铁石心肠的祖母的面,埃伦蒂拉发现,从她生下来就一直控制着她的巫术又一次让她中了邪。当他们问这女孩她自己最终的真实想法是什么的时候,她毫不犹豫地给出了回答。

"我想离开这里。"她说着朝丈夫指了指,"但不是要跟他走,而是跟我奶奶走。"

尤利西斯一下午都在设法从他父亲的种植园里偷一个柑橘,但没能成功,因为他在园子里修剪生病的树枝的时候,父亲的眼睛从未离开过他,而母亲也从家里盯着他。最后他只好放弃,至少那一天放弃了这个想法,他闷闷不乐地帮父亲干着活儿,直到把所有柑橘树全部修剪完。

占地广阔的柑橘园里静悄悄的,很少有人知道这里，木屋上铺的是铁皮顶，窗户上装了铜网，还有一个建在木桩上的宽大的露台，种了些原始的植物，花开得很茂盛。尤利西斯的母亲躺在露台上一把维也纳式摇椅上，太阳穴上贴了两片用烟熏过的树叶，那是用来缓解头疼的，她那纯种印第安人的目光始终跟随着儿子，就像是一道看不见的光，能够探到柑橘园里最隐蔽的角落。她长得很美，年纪比她丈夫小很多，总穿着她们部落的长袍，并且通晓她那一族血脉最古老的秘密。

尤利西斯带着修剪树枝的工具回到家里，母亲让他帮自己把下午四点钟要吃的药拿过来，那些药就放在旁边一张小桌上。他刚一触到杯子和药瓶，它们就变了颜色。小桌上还放着一个玻璃水罐和几只水杯，出于顽皮他又碰了碰水罐，那水罐变成了蓝色的。他取药的时候，母亲一直看着他，等到确定这并不是因为头疼产生的幻觉，便用瓜希拉语问他：

"你是从什么时候开始这样的？"

"自打我们从荒漠回来。"尤利西斯用瓜希拉语答道，"只有碰到玻璃的东西会这样。"

为了证明自己的话，他用手一个接一个触碰小桌上的杯子，它们全都变了颜色。

"这种事都和爱情有关系。"母亲说道，"她是谁？"

尤利西斯没有回答。他父亲听不懂瓜希拉语，这时正好提着一树枝的柑橘经过露台。

"你们在聊什么呢？"他用荷兰语问尤利西斯。

"没聊什么。"尤利西斯答道。

尤利西斯的母亲听不懂荷兰语。等丈夫走进屋里之后，她用瓜希拉语问儿子：

"他对你说什么了？"

"没说什么。"尤利西斯答道。

父亲走进屋里，他一时间看不见他了，但接着他透过书房的窗户又看见了他。母亲等到单独和尤利西斯待在一起的时候，又追问道：

"告诉我她是谁。"

"谁也不是。"尤利西斯答道。

他回答的时候有点儿心不在焉，因为他的注意力全在书房里父亲的一举一动上。他看见父亲把那枝柑橘放在保险柜上，然后去开密码锁。当他注视着父亲的时候，母亲则注视着他。

"你好长时间都没吃过面包了。"她说。

"我不爱吃面包。"

母亲脸上突然泛起不寻常的激动。"你说谎,"她说,"那是因为你害了相思病,凡是害这种病的人都吃不下面包。"和她的目光一样,她的声音里现在少了些请求,多了些威胁。

"你最好告诉我她是谁,"她说,"要不然,不管你愿意不愿意,我都得给你洗个澡,帮你净化净化。"

书房里,父亲打开保险柜,把柑橘放了进去,又关上了那扇铁门。尤利西斯从窗口闪开,不耐烦地回答母亲:

"我跟你说过了,谁都不是。"他说,"你要是不信,问爸爸好了。"

这时,荷兰人出现在书房门口,点着了他的水手烟斗,胳膊底下夹着他那本开裂的《圣经》。女人用西班牙语问他:

"你们在荒漠里遇见谁了?"

"谁也没遇见。"丈夫有些困惑地答道,"你要是不信,问尤利西斯好了。"

他在走廊尽头坐下来,抽着烟斗,一直把那袋烟抽完。然后,他随意翻开《圣经》,两个小时的时间里,他东读一段西读一段,用的是荷兰语,一气呵成,语气夸张。

直到半夜,尤利西斯还在苦思冥想,无法入睡。他在吊床上又翻腾了一个小时,仍旧抑制不住回忆带来的伤痛,最后痛苦本身给了他力量,他做出了决定。他套上牛仔裤,穿上苏格兰花格衬衫,蹬上马靴,从窗户翻了出去,开着那辆装着好多小鸟的卡车离开了家。路过种植园的时候,他摘下三个熟透的柑橘,那是他下午始终没能弄到手的东西。

他乘着余下的夜色在沙漠里疾驰,天亮时分,他向沿途村镇的人打听埃伦蒂拉的去向,但没人能告诉他确切消息。最后有人告诉他,她跟在奥内西莫·桑切斯参议员的竞选团队后面,而参议员那天应该在新卡斯蒂利亚村。他没在那儿而是在下一个村子找到了参议员,但埃伦蒂拉已经不再跟着他们了,因为祖母设法让参议员亲笔写了一封信担保她的清白,而拿着这封信,整个荒漠关得再严实的大门都会对她们敞开。第三天,尤利西斯碰见了送国内邮件的那位邮差,那人为他指点了方向。

"她们朝海边去了。"邮差告诉他,"你得赶紧,那个死老婆子打算一直走到阿鲁巴岛去。"

沿着这个方向走了半天,尤利西斯远远看见了那顶宽敞肮脏的帐篷,那是老太婆从一个倒了霉的马戏班子手上买来的。那个流动摄影师又回来了,他已经明白了这世界并没有他想象的那么大,他在帐篷附近又支起了画着田园风景的幕布。一个铜管乐队用一支忧伤的华尔兹吸引着埃伦蒂拉的顾客。

尤利西斯排在队伍里等着进去,帐篷里首先引起他注意的是一切都整齐干净。祖母的床恢复了总督府时代的华丽,那尊天使雕像摆在它应放的位置,旁边就是装着两个阿玛迪斯骨殖的大箱子,另外还放了一个狮爪座的白镴澡盆。在一张带顶篷的崭新的大床上,埃伦蒂拉静静地躺着,身上一丝不挂,在被帐篷过滤过的光线中,她的身体散发着孩童的光辉。她就这样睁着眼睛睡着了。尤利西斯手里拿着柑橘,站在她身旁,发现她的眼睛虽然睁着,但其实视而不见。于是他伸出手在她眼前晃了晃,用自己想念她的时候臆造出来的名字呼唤她:

"阿瑞德内尔。"

埃伦蒂拉醒了。她意识到自己在尤利西斯面前赤身露体，低低地尖叫了一声，用床单把自己从头到脚裹得严严实实。

"别看我，"她说，"我太难看了。"

"你全身都变成了柑橘的颜色，"尤利西斯说着把柑橘送到她眼前，让她比一比，"你看。"

埃伦蒂拉把眼睛露出来，看见那些柑橘果然和她的皮肤一个颜色。

"我这会儿不想让你留下来。"她说。

"我这次来只是想让你见识见识这个。"尤利西斯说，"你看好了。"

他用指甲剖开柑橘皮，又用双手把果肉掰成两半，让埃伦蒂拉看里面：那果子中央镶嵌着一颗货真价实的钻石。

"这就是我们运到边境去的柑橘。"他告诉她说。

"可这是真的柑橘呀！"埃伦蒂拉惊呼。

"当然。"尤利西斯微微一笑，"这都是我爸爸种的。"

埃伦蒂拉不敢相信。她把脸露了出来，用手指捏住钻石，万分惊奇地端详着它。

"有三颗这样的东西，咱们就能周游世界了。"尤利西斯说。

埃伦蒂拉有点儿气馁，把钻石还给了他。尤利西斯还在坚持。

"我还有辆小卡车。"他说，"另外……你再看看这个！"

他从衬衣下面掏出一把老式手枪。

"我十年之内是不能离开的。"埃伦蒂拉说。

"你能走的。"尤利西斯说，"今天夜里，等那头白鲸睡着了，我就会到帐篷外面，学猫头鹰叫。"

他学了一声猫头鹰叫，学得特别像，埃伦蒂拉眼里第一次露出了微笑。

"那正是我奶奶。"她说。

"猫头鹰吗？"

"鲸鱼。"

两人因为打了这个岔而大笑起来，但埃伦蒂拉重新捡起了原先的话题。

"没有我奶奶的允许，谁都走不了。"

"什么都别告诉她不就行了。"

"她总归会知道的。"埃伦蒂拉说，"她只要一做梦，什么都会知道。"

"等她梦见你走了，咱们早就过了边境。咱们就像那些走私贩子那样穿过边境……"尤利西斯说。

他学电影里的人物那样紧握手枪,还模仿开枪的声音,想用自己的勇敢无畏给埃伦蒂拉打气。女孩不置可否,但她的双眼在叹息,她给了他一个吻,算是道别。尤利西斯被感动了,喃喃地说:

"明天咱们就能看见轮船开过来开过去了。"

那天晚上,七点钟刚过,埃伦蒂拉正在给祖母梳头,那股让她倒霉的恶风又刮了起来。帐篷里,印第安脚夫和铜管乐队的指挥正等着领薪水。祖母数了数手边盒子里的钱,又翻了翻账本,然后把钱给了印第安人当中年纪最大的那位。

"拿着。"她对他说,"每星期是二十比索,扣掉饭钱八比索,水钱三比索,再扣去赊账的新衬衣五十生太伏,一共是八比索五十生太伏。你点清楚了。"

年长的印第安人数了数钱,几个人鞠了个躬出去了。

"谢谢太太。"

接下来是那个乐队指挥。祖母查了账本,对一旁正在用古塔胶修补相机风箱的摄影师发了话。

"咱们的账怎么算呢?"她说,"乐队的账你是不是也要付四分之一呀?"

摄影师连头都没抬一下。

"音乐可印不到照片上去。"

"但音乐能吸引人们去照相。"祖母反驳道。

"恰恰相反,"摄影师说,"音乐会让人想起那些死人,然后他们照出来的相片就都闭着眼睛。"

乐队指挥插了进来。

"让他们闭眼睛的可不是音乐,"他说,"是你夜里用的闪光灯。"

"就是音乐。"摄影师坚持道。

祖母阻止了这场争执。"别胡搅蛮缠了,"她对摄影师说,"你就想想奥内西莫·桑切斯参议员多受欢迎,多亏了他带的那支乐队。"然后她语气一冷,总结道:

"你要么把该付的钱付清,要么就自己去混吧。叫那个可怜的孩子负担全部费用不合情理。"

"那我还是自己混吧。"摄影师说,"无论如何,我总还算是个搞艺术的。"

祖母耸了耸肩,开始处理乐队的事。她根据账本上记的数目,交给指挥一卷票子。

"两百五十四支曲子,"她对他说,"每支五十生太伏,再加上星期天和节假日的三十二支曲子,每支六十生太伏,一共是一百四十六比索外加二十生太伏。"

乐队指挥没有伸手接钱。

"应该是一百八十二比索外加四十生太伏,"他说,"华尔兹贵一点儿。"

"为什么?"

"因为华尔兹更忧伤。"乐队指挥解释道。

祖母硬让他收下了钱。

"那好,接下来这个星期,我欠你几首华尔兹,你就演奏双倍的欢快曲子,咱们就两清了。"

乐队指挥没弄懂祖母的逻辑,但他一面在心里理这团乱账,一面收下了钱。这时,一阵可怕的狂风差点儿把帐篷拔起来,在风掠过之后的片刻寂静里,外面清清楚楚地传来猫头鹰凄厉的叫声。

埃伦蒂拉不知该做点儿什么掩饰心中的惶恐。她合上装钱的小盒子,把它藏到床底下,祖母递给她钥匙时从她手上感觉到了她的恐惧。"别怕,"祖母告诉她,"刮风的夜晚总会有猫头鹰。"但当她看见摄影师背着他的相机往门外走去时,她显得没那么自信了。

"你要是愿意,就留下来吧,明天再走。"祖母对他说,"今天晚上,死神正在外面游荡呢。"

摄影师也听见了猫头鹰的叫声,但他并没有改变主意。

"留下来吧,孩子。"祖母还在挽留他,"哪怕是为了我对你的爱呢。"

"那我就不付乐队的钱了。"摄影师说。

"那可不行!"祖母说,"这事儿没商量。"

"您瞧见了吧?"摄影师说,"您从来就没爱过谁。"

祖母气得脸色发白。

"那你就快滚!"她说,"你这个杂种!"

她觉得自己蒙受了奇耻大辱,埃伦蒂拉服侍她上床睡觉的时候,她还在骂骂咧咧。"婊子养的,"她嘴里嘟囔着,"这个杂种懂得几分别人的心?"埃伦蒂拉没去注意她在说些什么,因为每当风声弱下来,猫头鹰总会顽强地冒出来诱惑她,让她心中惴惴不安。祖母总算按照以前在老宅子里的那一套规矩躺下了,孙女给她扇扇子的时候,她终于放下了心中的愤懑,重又开始有气无力地喘息。

"明天你得早早起来,"她说,"这样你才能在人们到来之前给我把洗澡水烧好。"

"好的，奶奶。"

"多出来的时间，把那几个印第安人的脏衣服洗了，这样下个星期咱们就能多扣他们一点儿工钱。"

"好的，奶奶。"埃伦蒂拉答道。

"睡觉的时候悠着点儿，别把自己累着了，明天是星期四，这星期最长的一天。"

"好的，奶奶。"

"还要给鸵鸟喂食。"

"好的，奶奶。"埃伦蒂拉应道。

埃伦蒂拉把扇子放在床头，点燃两根祭祀用的蜡烛，放在装亡人骨殖的大箱子前面。祖母这时已经睡着了，嘴里还在给她下达命令。

"别忘了给两个阿玛迪斯点上蜡烛。"

"好的，奶奶。"

埃伦蒂拉知道祖母一时半会儿是不会醒了，因为她已经开始说梦话了。她听见帐篷周围狂风怒号，但这一回她还是没能听出来厄运逼近的信号。她把身子探向漆黑的夜色，直到又听见了猫头鹰的叫声，她向往自由的天性最终战胜了祖母的巫术。

出了帐篷不到五步，她就看见摄影师正往自行车后座上绑他的那些家什。他脸上那同谋的微笑让她放下心来。

"我什么都不知道。"摄影师说,"我什么都没看见,我也不会给乐队买单。"

他用一句最普通不过的祝福同她道别。然后,埃伦蒂拉奔向荒漠,带着一往无前的决心,朝着猫头鹰啼叫的方向,消失在黑沉沉的夜风中。

这一回,祖母立刻去向世俗权力求助。预备役部队的司令早上六点就从吊床上一跃而起,这时祖母正把一封信塞到他眼前。尤利西斯的父亲则站在门口等着。

"你他妈的指望我看信,"司令叫道,"我根本就不识字。"

"这是一封奥内西莫·桑切斯参议员写的介绍信。"祖母告诉他。

司令二话没说,从离吊床不远的地方摘下一支步枪,并开始向手下大声下达命令。五分钟后,他们所有人乘坐一辆军用小卡车朝边境风驰电掣般驶去,迎面刮来的风早已把逃亡者留下的痕迹抹得一干二净。司令坐在前排,旁边是司机。后排坐着荷兰人和祖母,两边的踏板上各站着一名手持武器的警察。

在离镇子不远的地方,他们截住了一个用防雨帆布蒙得严严实实的卡车车队。好几个藏身在车厢里的人掀起帆布,端着军用机枪和步枪瞄准了这辆小卡车。司令问第一辆车的司机,有没有看见一辆满载小鸟的农用卡车,离这儿有多远。

那司机先发动了汽车,然后才搭腔。

"我们可不是警察的线人,"他气冲冲地说,"我们是走私贩子。"

司令眼睁睁地看着一挺挺机枪黝黑的枪管从他眼皮底下经过,抬起双手,露出笑容。

"至少,"他冲着他们高声叫道,"你们也该有点儿羞耻心,别在光天化日之下把车开来开去。"

最后一辆车的后挡板上写着一句话:埃伦蒂拉,我想你。①

他们一路往北行进,风越来越干燥,太阳也随之越来越炙热,小卡车里又热土又大,让人喘不过气来。

祖母最先看见了摄影师:他正顺着他们行进的方向踩着自行车,烈日之下,他唯一的防护就是头上绑

---

①原文为英语。

的那块头巾。

"他在那儿，"祖母用手指着他，"他是同谋。这个杂种。"

司令命令站在踏板上的一名警察抓住摄影师。

"把他抓住，然后在原地等我们。"司令命令道，"我们很快就回来。"

那个警察从踏板上跳下来，对摄影师一连喊了两声"站住"。摄影师迎着风，没有听见。小卡车超过他的时候，祖母冲他做了个神秘的手势，他把这当成了问候，报以微笑，还挥挥手说了声再见。他没听见枪声。他在空中翻了个筋斗，落下来摔在自行车上的时候已经死了，他的脑袋被一颗步枪子弹打烂了，他到死也不知道这一枪是从哪儿打来的。

快到中午的时候，他们开始发现有小鸟的羽毛在风中飞舞，都是些不常见的鸟的羽毛，荷兰人认出来那正是他那些小鸟的羽毛，是被风吹下来的。司机调整了方向，把油门一踩到底，不到半小时，已经可以看到地平线上那辆小卡车了。

尤利西斯在后视镜里看见了那辆军用卡车，他使劲儿想拉开距离，但发动机已经没法再加速了。他们为了赶路一直没睡觉,这会儿又累又渴。埃伦蒂拉正靠在尤利西斯肩膀上打瞌睡,这时也被惊醒了。眼见那辆车马上就要追上他们,她做出了一个天真的决定,从杂物箱里拿出了手枪。

"没用的。"尤利西斯说,"它曾经属于弗朗西斯·德雷克爵士。"

她扣了好几下扳机,最后把枪从车窗扔了出去。他们那辆小卡车上装载的小鸟被风吹得羽毛乱飞,军用巡逻车超了过去,强行拐弯,拦住了他们的去路。

我便是在那时遇见她们的,那是她们最辉煌的时候,不过,关于她们的经历的细节要到多年之后才会被披露出来,那时拉斐尔·埃斯卡洛纳在一首歌里揭露了这个故事的悲惨结局,我觉得这是个好故事。当时,我正在里奥阿查省四处兜售百科全书和医药方面的书籍。阿尔瓦罗·塞佩达·萨穆迪奥在那一带推销冰镇啤酒机,他用他那辆小卡车带我跑遍了荒漠里的村镇,为的就是同我聊些有的没的,我们无边无际地闲聊着,喝了太多啤酒,不知道是在何时何地穿过整个荒漠,来到了边境上。那个流动做爱帐篷就在那里,上面还挂了些粗布标语:埃伦蒂拉最棒。快去快回。埃伦蒂拉等着你。不认识埃伦蒂拉等于白活了。[①] 各种肤色各种阶层的男人排成的长队弯弯曲曲,没有尽头,就像一条长了人的椎骨的昏昏欲睡的蛇,蜿蜒着穿过街区和广场,穿过华丽俗气的集市和吵吵嚷嚷的市场,穿过这座到处都是行脚商人的闹哄哄的城市的大街小巷。每条街道都成了赌场,每幢房子都成了酒馆,每扇门后面都藏着逃犯。在足以引起幻觉的炎热中,各种难以分辨的音乐和人们的叫卖声汇聚成一股令人惊恐的喧嚣。

在这群来历不明的寄生虫当中,就有那个好人布拉卡曼,他爬上一张桌子,让人找一条活蛇来,他要在自己身上检验他发明的解药。还有那个因为不听父母的话变成了蜘蛛的女人,交五十生太伏就可以摸一摸她,免得大家认为这是个骗人的把戏,她还会回答那些想要了解她的不幸经历的人提出的问题。人群中还有那位来自永生世界的使者,他告诉人们,那只来自某个恒星的可怕的蝙蝠即将降临,它炽热的含硫的呼吸将改变自然的规律,使海底的种种神秘生物浮上

[①]原文为英语。

水面。

唯一安静的地方是红灯区，那里只能隐隐听见城里的喧闹。来自世界各地的女人们坐在空荡荡的舞厅里无聊地打着呵欠。她们坐在那里睡了午觉，没有一个爱慕她们的顾客过来把她们叫醒。天花板上的电风扇转个不停，她们就这样继续等待着那只来自某个恒星的蝙蝠。忽然，她们当中的一位站起身来，走到种满三色堇的临街门廊上。想去见识埃伦蒂拉的男人们正排着队从台阶下经过。

"喂！"女人朝他们喊道，"那女孩究竟有什么与众不同的地方呀？"

"她手上有一封参议员的信。"有人大声回答她。

别的女人被叫喊声和哄笑声所吸引，也来到门廊上。

"这个队伍已经排了好些天了。"她们当中的一位说，"你想想，每个男人收五十比索。"

最先出去的那个女人下了决心：

"好吧，我要去看看这个不足月的小毛孩究竟有什么金贵之处。"

"我也要去。"另一个女人附和道，"总比坐在这里没事干强。"

一路上不断有别的女人加入，等走到埃伦蒂拉的帐篷那里时，她们已经汇成了一支吵吵嚷嚷的大军。她们不待通报就闯了进去。一个男人付了钱正在尽情享受，被她们用枕头一阵乱砸吓跑了，她们架起埃伦蒂拉的床，像抬担架一样把它抬到了大街上。

"欺人太甚！"祖母喊道，"你们这群小人！强盗！"然后她开始骂那些还在排队的男人，"你们这些胆小鬼！你们男人那玩意儿上哪儿去了，能让人这么欺负一个可怜的小女孩？你们这群不男不女的家伙！"

她声嘶力竭地叫喊着，挥舞着拐杖，逮着谁打谁，但她的怒吼声很快就淹没在人们的叫喊声和口哨声中。

埃伦蒂拉无处可逃，从她那次试图逃跑之后，祖母就用拴狗的链子把她拴在了床栏上。但女人们并没有伤害她。她们抬着她那带顶篷的大床穿过最热闹的街道，就像用链子锁着犯人游街示众，最后，她们像停放灵柩一样把她放在了大广场中央。埃伦蒂拉蜷缩着，把脸藏了起来，但她并没有哭泣，她就这样待在广场的烈日下，又是羞愧又是愤怒，用嘴撕咬着那根让她陷入这悲惨境遇的狗链，直到有人看不下去，为她披了件衬衫。

那是我唯一一次看见她们,不过我听说,在官方势力的庇护下,她们在那个边境城市一直待到老祖母的钱箱爆满,之后,她们离开荒漠,向海边进发。在那个贫穷的地区,人们从来没见过有人能聚敛到这么大一笔财富。这是一支牛车队,车上堆着当年那座大宅遭遇火灾被烧掉的各种物件的粗糙的复制品,不但有那些帝王雕像和千奇百怪的钟表,还有一架旧钢琴、一台带摇柄的唱机和一些怀旧的唱片。一群印第安人负责搬运东西。每到一个村镇,就会有一支小乐队出来宣告这支队伍胜利抵达。

旅行的时候祖母坐在轿子里,戴着纸做的花环,不时从兜里掏出点儿谷物放进嘴里嚼着,头顶上方罩着一顶教堂用的华盖。她的身躯显得越发庞大了,因为她在衬衫下面穿了件帆布坎肩,把金条全装在里面,就像当兵的把子弹装在子弹带里一样。埃伦蒂拉走在她身边,穿着色彩艳丽的衣裳,身上挂满饰物,只是脚上仍旧拴着狗链。

"你没什么可抱怨的。"离开那座边境城市的时候祖母对她说,"你身上穿着女王的衣裳,你有一张豪华大床,你还有自己的私人乐队,十四个印第安仆人随时为你效劳,你不觉得很风光吗?"

"是的,奶奶。"

"等哪一天我不在了,"祖母继续说道,"你将不必依靠男人过活,因为到那时你会在大城市里有自己的家,过得自由自在,幸福快乐。"

这是她第一次毫无预兆地谈到未来。相反,她不再提起债务的事情,那笔债务的细节早已扭曲,还债的期限随着生意越做越复杂被一推再推。埃伦蒂拉一声不吭,没人知道她是怎么想的。在盐碱沼泽地里,在令人昏昏欲睡的湖畔小村里,在开采滑石的矿坑里,当祖母像是在用纸牌算命一样唠唠叨叨地对她描绘未来的时候,她躺在那张大床上默默地忍受着折磨。一天下午,走出一道令人窒息的峡谷时,她们闻到一股古老的月桂的香气,隐约听见了牙买加人说话的声音,她们感受到一种对生命的渴望,心脏缩成一团,她们到海边了。

"这就是大海。"经历了半辈子的逃亡后,祖母沐浴在加勒比海明亮的阳光中对她说,"你不喜欢吗?"

"喜欢,奶奶。"

她们在那里支起了帐篷。祖母这晚没有做梦，她一直在唠叨，有时会把对过去的记忆和对将来的预测混在一起。她比以往睡得久些，在海浪声中醒来的时候，她心平气和。然而，就在埃伦蒂拉给她洗澡的时候，她又开始预测未来，说得激情四溢，听上去像是在睁着眼说梦话。

"你将会成为一位有头有脸的太太，"祖母对她说，"高贵的太太，得到你庇护的人们会景仰你，无论多大的官都会来讨好你，尊敬你。船长们也会从世界各地的港口给你寄来明信片。"

埃伦蒂拉没在听她讲话。洗澡用的热水是加了牛至草煮过的，用水管从外面引进来。埃伦蒂拉用一只葫芦做的结实的水瓢接上水，一声不吭，一只手把水倒在祖母身上，另一只手在给她抹肥皂。

"你的府邸将威名远扬，从安的列斯群岛一直传到荷兰王国。"祖母说，"它将比总统府还重要，因为一切政府要务都会在那儿讨论，国家的命运也会在那儿决定。"

突然，水管里的水断了。埃伦蒂拉走出帐篷察看情况，她看见负责供水的那个印第安人到厨房劈柴去了。

"水用完了，"印第安人说，"得再晾点儿。"

埃伦蒂拉走到炉子跟前，炉子上蹲着一只大号水罐，里面煮着一些香草。她找了块抹布裹住手试了试，觉得不用那个印第安人帮忙她也端得动。

"你走吧，"她对他说，"我来倒水。"

等那个印第安人出了厨房，她从火炉上把那罐滚水端下来，用尽全力送到供水口，正准备把这能烫死人的开水倒进去，就听见祖母在帐篷里喊了一声：

"埃伦蒂拉！"

就好像她看见了埃伦蒂拉在干什么一样。小孙女被这声大喊吓得不轻，在最后一刻停了下来。

"我就来，奶奶。"她应道，"我在晾水呢。"

那天夜里，祖母穿着那件装满金条的坎肩在梦中唱着歌，埃伦蒂拉一直苦思冥想到很晚。她坐在自己的床上看着祖母，两眼放光，在黑暗中看起来像是一只猫。然后，她像一个溺水的人那样躺下来，双臂抱在胸前，睁着眼睛，用尽全身气力喊了一声：

"尤利西斯。"

尤利西斯在他柑橘园里的家中猛然惊醒。他清清楚楚地听见了埃伦蒂拉的声音，他甚至摸黑在房间里

找了她一阵儿。沉思了片刻,他把自己的衣裳和鞋子卷成一卷,出了卧室。他走下露台,耳边突然响起父亲的声音:

"你这是要上哪儿去?"

尤利西斯看见月光下父亲身上泛着蓝光。

"我去看看世界。"他答道。

"这一回我不会拦着你。"荷兰人说,"可是我要提醒你一件事:你就是走到天涯海角,你爸的诅咒都会一直跟着你。"

"随便你。"尤利西斯回道。

荷兰人感到惊讶,甚至有点儿为儿子的决心感到自豪,他目送儿子穿过月光下的柑橘园,脸上露出了一丝微笑。他的妻子站在他身后,还是那副印第安美人的模样。听见尤利西斯关上了大门,荷兰人开了口。

"被生活教训过之后,"他说,"他会回来的,会比你预想的更早。"

"你这个蠢货,"女人叹了口气,"他再也不会回来了。"

这次,尤利西斯无须向任何人打听埃伦蒂拉的方向。他躲在路过的卡车里穿过荒漠,为了有钱吃饭、有地方睡觉而偷东西,但很多时候他这样做只是为了享受冒险的快乐,终于,在海边的一个村子里,他找到了那顶帐篷,从那里可以远远看见灯火通明的城市里一栋栋有着玻璃幕墙的高楼大厦,也可以听见夜间起航去往阿鲁巴岛的船只离港的汽笛声。埃伦蒂拉被铁链拴在床上,已经睡着了,但还保持着呼唤他的名字时那种准备随波逐流的溺水者的姿势。尤利西斯久久地看着她,不忍心把她叫醒,也许是他的目光太过专注,埃伦蒂拉醒了。他们在黑暗中吻着彼此,不慌不忙地互相抚摸。他们一声不吭,满怀柔情,褪去衣裳,直至精疲力竭,那种深藏的幸福比以往任何时候都更接近爱情。

在帐篷另一头,祖母重重地翻了个身,又开始说梦话。

"那是那艘希腊船到来时的事情,"她说,"从那艘船上下来的全是疯子,他们让所有女人都感到快乐,而且他们付的不是钱,而是海绵,活的海绵,会在房子里跑来跑去,像医院里的病人一样唉声叹气,还会让小孩子们大哭不止,因为它们喜欢喝小孩的眼泪。"

她不易觉察地动了下,在床上坐起身来。

"也就是在那一回,他来了,我的老天爷啊,"祖母叫道,"比起阿玛迪斯来,他更强壮,更高大,而且要男人得多。"

尤利西斯一直没注意祖母在说些什么,这时看到她在床上坐起身来,想找个地方藏起来。埃伦蒂拉让他镇静些。

"别慌。"埃伦蒂拉对他说,"每次说到这一段她总会坐起来,但她并没有醒。"

尤利西斯重又把头枕在她肩上。

"那天晚上,我正和一群水手唱着歌,以为是地震了。"祖母接着说道,"大家肯定都这么以为,因为所有人都喊着笑着跑开了,星空之下只剩下他。就像是昨天发生的事情一样,我记得我正唱着歌,那个年月人人都会唱那首歌,就连院子里的鹦鹉都会唱。"

接着,她以那种只会出现在睡梦中的毫无旋律可言的调子唱起了那首苦涩的歌:

主啊主,请让我重获纯洁天真
再次从头安享他的爱情

直到这时，尤利西斯才对祖母的回忆发生了兴趣。

"他站在那里，"祖母接着说道，"肩膀上歇着一只金刚鹦鹉，还扛了一杆专门对付吃人生番的火铳，一副海盗瓜达拉尔刚到圭亚那时的派头，他站在我面前，我能感觉到他那致命的气息，他对我说：我绕着地球航行过一千次，哪个国家的女人都见识过，所以我有资格对你说，你是世界上最高傲、最慷慨、最美貌的女人。"

祖母重又躺下，在枕头上抽泣着。尤利西斯和埃伦蒂拉久久没有说话，黑暗中传来祖母惊天动地的鼾声。突然，埃伦蒂拉开口了，声音里没有一丝不安：

"你敢不敢把她杀了？"

尤利西斯吃了一惊，一时不知道该怎么回答。

"天知道，"他说，"你敢吗？"

"我不能杀她，"埃伦蒂拉说，"因为她是我奶奶。"

尤利西斯这时又看了看那沉睡中的庞大身躯，仿佛是在估量这家伙的生命力，最后他下了决心：

"为了你，我什么都敢干。"

尤利西斯买来一磅老鼠药，将其跟奶油还有覆盆子果酱搅在一起，又把一个蛋糕的馅儿掏了出来，把那能致人于死地的奶油灌了进去。然后在那蛋糕表面糊了厚厚一层奶油，又用勺子把蛋糕修整了一番，直到看不出任何捣鬼的痕迹。最后，为了让骗局更加完满，还在蛋糕上插了七十二根粉色小蜡烛。

看见他端着那只节日蛋糕走进帐篷，祖母在宝座上支起身子，气势汹汹地挥舞着拐杖。

"无耻的家伙，"她高声骂道，"你怎么还敢把脚伸进这个帐篷里来！"

尤利西斯躲在他那副天使的面孔后面。

"我是来请求您的原谅的，"他说，"特意挑了您生日这天。"

祖母被这句谎话打动了，让人把餐桌布置得像是婚宴餐桌似的。她让尤利西斯坐在自己右手边，埃伦蒂拉伺候着他们。一口气吹灭所有蜡烛之后，祖母把蛋糕切成大小相等的几块，递给尤利西斯一块。

"一个男人懂得怎么让别人原谅自己，就赢得了一半天下。"祖母说，"我把第一块蛋糕送给你，它预示着幸福。"

"我不喜欢吃甜的东西。"他说，"您请吧。"

祖母又给了埃伦蒂拉一块。埃伦蒂拉拿着那块蛋糕去了厨房，把它丢进了垃圾桶。

祖母一个人吃完了剩下的蛋糕。她把蛋糕整块整块地塞进嘴里，嚼也不嚼便囫囵吞下肚去，舒服得直哼哼，一面带着发自内心的愉悦看着尤利西斯。把自己盘子里的蛋糕吃完后，她还把尤利西斯不吃的那块吃掉了。她一面吃着最后那块，一面还用手指把桌布上的渣子捡起来丢进嘴巴里。

她吃下的砒霜足以毒死一群老鼠。然而，她又是弹钢琴，又是唱歌，一直闹到半夜，然后心满意足地上了床，跟平时一样睡着了。唯一不同的是，她的鼾声里掺入了乱石滚动的声音。

埃伦蒂拉和尤利西斯在另外那张床上守着，只等着她咽气。但祖母的鼾声同往常一样有力，最后她又开始说梦话。

"他让我发狂，上帝啊，他让我发狂！"祖母高声叫道，"我把卧室的两道门闩全插上，不想让他进来，我又用梳妆台和桌子顶住房门，还在桌子上放了几把椅子，可他只用指环轻轻一敲，我的工事就土崩瓦解了，椅子自己从桌子上掉了下来，桌子和梳妆台也自动让开了道,连门闩都自己从门环里跑了出来。"

埃伦蒂拉和尤利西斯看着她,随着祖母的梦话越来越深入,越来越生动,语气越来越私密,他们也越来越感到吃惊。

"我觉得自己快要死了,浑身冒着冷汗,我在心里祈求,这门既开又不开,他既进来又没进来,既永远不离开也永远不回来,这样我就不会杀了他。"

几个小时里,她就这样一遍又一遍地诉说她的往事,连最不堪入耳的细节都说了出来,仿佛在梦中将这一切重新经历了一遍。天快亮的时候,她在床上翻来覆去,搞得像在地震,嗓子嘶哑了,几乎像在抽泣。

"我向他发出警告,他一笑置之。"祖母叫道,"我再次发出警告,他还在笑,直到最后,他惊恐地睁大了眼睛,喊道:'啊女王!啊女王!'那声音不是从嘴里而是从他喉咙上深深的刀口发出来的。"

尤利西斯被祖母可怕的回忆吓到了,一把抓住埃伦蒂拉的手。

"这老太婆是个杀人犯!"他惊叫道。

埃伦蒂拉没去注意他,因为就在这一刻,天空露出了一线曙光。钟响了五下。

"快走!"埃伦蒂拉说,"她马上就要醒了。"

"她比一头大象还要活得欢实,"尤利西斯叫道,"这怎么可能!"

埃伦蒂拉瞟了他一眼,那眼神几乎能杀人。

"问题是,"她说,"你连杀人的本事都没有。"

尤利西斯被她话里的粗鲁吓到了,从帐篷里溜了出去。天越来越亮,鸟儿纷纷醒来,埃伦蒂拉压抑着心中的仇恨和遭遇失败的恼怒,死死盯着睡梦中的祖母。这时,祖母睁开了双眼,带着平静的微笑看了她一眼。

"上帝保佑你,孩子。"

唯一能看出来的变化是她平日的生活习惯开始变得混乱。这天是星期三,但祖母要穿星期天的衣裳,她还决定十一点之前埃伦蒂拉无须接客,要孙女把她的指甲染成深红色,再给她梳一个大主教的发型。

"我从来没有这么想给自己照张相。"她大声说道。

埃伦蒂拉开始给她梳头。她为她通头发的时候,梳齿挂住了一绺头发。她吃了一惊,把那绺头发递给祖母。祖母仔细看了看,伸手抓住一小撮头发揪了下,结果手上又多了一绺。她把手上的头发往地下一扔,又试了一次，这次揪下来更多。于是她用双手去揪自己的头发，一面狂笑不止，带着旁人难以理解的欢乐神情把一撮一撮头发扔向空中，直到她的脑袋变得像个去了壳的椰子。

埃伦蒂拉直到两个星期之后才又有了尤利西斯的消息，她听见帐篷外面传来猫头鹰的啼叫声。祖母在弹钢琴，沉浸在怀旧的思绪中，对现实无知无觉，头上顶着用色彩鲜艳的羽毛制成的假发。

埃伦蒂拉朝猫头鹰啼叫的地方跑去，直到此刻她才发现有一条导火索从钢琴下面延伸出来，穿过矮树丛，消失在夜色中。她飞快地跑到尤利西斯身旁，和他一起躲进树丛中，两个人紧张地看着那枚小小的蓝色火苗沿着导火索穿过夜色中的空地，钻进了帐篷。

"把耳朵捂起来。"尤利西斯说。

两个人都捂住了耳朵，其实丝毫没有必要，因为根本就没发生爆炸。帐篷里面被腾起的火焰照得通明，接着无声无息地爆裂开来，最后被笼罩在受潮的炸药造成的烟雾里。埃伦蒂拉鼓起勇气跑过去，满心以为祖母已经一命归西，却看见祖母头上的羽毛被燎焦了，衬衣也碎成了布条，但她却比以往任何时候都精神，正挥舞着一条床单想把火灭掉。

一群印第安人吵吵嚷嚷地赶了过来,尤利西斯乘机开溜,祖母发出的指令自相矛盾,搞得那些印第安人不知道该做些什么。等到最终控制住了火势,驱散了烟雾,他们发现眼前如同船难现场。

"看来是哪个坏种干的。"祖母判断道,"钢琴是不会无缘无故爆炸的。"

祖母对这场灾难的起因做了种种推测,但是,埃伦蒂拉找的借口和镇定自若的态度最终迷惑了她。在孙女身上她一丝漏洞都找不出来,她也根本不记得还有尤利西斯这个人。直到天亮她都醒着,一边猜测,一边盘算着这一回的损失。她几乎没怎么睡。第二天早上,埃伦蒂拉为她脱下塞满金条的坎肩时,发现她的肩膀被火燎起了水泡,胸口的皮都掉了。"怪不得我睡觉的时候翻来覆去。"埃伦蒂拉给她烧伤的地方抹蛋清的时候,她这么说道,"另外,我还做了一个古怪的梦。"她集中精力努力回想,直到清清楚楚地回忆起梦中的情景。

"一只孔雀躺在一张白色的吊床上。"她说。

埃伦蒂拉吃了一惊,但很快就恢复了平日的表情。

"这是个好预兆。"她撒了个谎,"你梦里见到的孔雀是长寿的鸟儿。"

"这话你跟上帝说去吧。"祖母说道,"因为我们又回到从前了。不得不从头再来。"

埃伦蒂拉不动声色。她端着一盆碎布出了帐篷,把身上涂满鸡蛋清还抹了一头芥末的祖母一个人丢在帐篷里。她正在棕榈叶搭成的小厨房里往小盆里打鸡蛋清,突然看见尤利西斯的眼睛出现在炉子背后,就像她第一次在床后面看到它们时的模样。她没有大惊小怪,只是用疲倦的声音对他说:

"你办成的唯一一件事就是增加了我的债务。"

尤利西斯眼中闪动着焦虑。他一动不动,静静地看着埃伦蒂拉,看她一只一只打着鸡蛋,满脸不屑的神情,仿佛他根本不存在。过了一会儿,尤利西斯开始转动双眼,检视厨房里的家什,墙上挂着的锅、成串的胭脂果、盘子,还有一把砍肉刀。尤利西斯站起身来,一言不发,走进小棚子,摘下那把刀。

埃伦蒂拉没有转过身去看他,但在他要走出小棚子的时候,她压低嗓音对他说:

"小心点儿,她已经收到了死神的通知。她梦见一只孔雀躺在白色的吊床上。"

祖母看见尤利西斯手持尖刀走了进来,她连手杖都没用,奋力站起身来,高举双臂。

"小伙子!"她喊道,"你疯了吧?"

尤利西斯扑向她,照着她裸露的胸脯就是一刀。祖母发出一声呻吟,扑到他身上,想用自己熊一般粗壮的双臂把他掐死。

"婊子养的!"她号叫着,"只可惜我没早点儿发现你长了张叛逆天使的脸。"

她没能再多说几句话,因为这时尤利西斯拿刀的手已经挣脱出来,照着她肋下又是一刀。祖母发出一声低沉的呻吟,更用力地抱住了袭击者。尤利西斯毫不留情,又扎了第三刀,动脉中的强大压力使得一股鲜血喷溅到他脸上:油乎乎,亮晶晶,颜色泛绿,像是薄荷蜂蜜。

埃伦蒂拉端着盆子出现在门口,带着罪犯的冷静看着这场搏斗。

身躯庞大的祖母像一块巨石,因为疼痛难忍也因为怒火中烧而咆哮着,她紧紧抓住尤利西斯的身体。她的双臂双腿,甚至她光秃秃的头颅,都被鲜血染绿了。

她沉重的呼吸声混杂着已经出现的临终的喘息，响彻了整个帐篷。尤利西斯拿刀的手臂又一次挣脱了，在她肚子上划开一道口子，一股鲜血喷涌而出，把他从头到脚都染绿了。祖母已经喘不上气来，她艰难地吸着气，脸朝下一头扑倒在地。尤利西斯挣脱了她已经软弱无力的臂膀，一刻都没耽搁，给了那具倒在地上的庞大身躯最后一刀。

这时，埃伦蒂拉把盆子往桌上一放，朝祖母弯下腰去，她并没有碰她，只是仔细查看了一番，当确信祖母已经死了时，她脸上突然浮现出长大成人的成熟神情，她以往二十年的痛苦经历都未曾赋予她那种成熟。她一把抓起那件装着金条的坎肩，走出了帐篷。

尤利西斯坐在尸体旁边，经过这番搏斗，他已经筋疲力尽，他想擦擦脸，但那绿油油热乎乎的东西就像是从他指尖流出来的，越擦越多。直到看见埃伦蒂拉带着那件装满金条的坎肩走出帐篷时，他才意识到自己的处境。

他大声叫她，但没有得到任何回应。他爬到帐篷门口，看见埃伦蒂拉开始沿着海边朝远离城市的方向飞奔。他做了最后的努力想追上她，用凄厉的声音呼唤她，那已经不像是情人的呼唤，而更像是儿子在呼唤母亲，然而，在没有帮手的情况下独自杀死一个女人让他筋疲力尽，这疲惫打败了他。祖母的印第安仆人追上他的时候，他正趴在沙滩上，因为孤独和恐惧而号啕大哭。

埃伦蒂拉没有听见他的呼唤。她迎着风，跑得比鹿还快，世间没有任何声音能让她停下脚步。她越过热气蒸腾的盐碱沼泽地，越过开采滑石的矿坑，越过令人昏昏欲睡的水上小屋，一次都没有回头，一直跑到海洋的自然法则失效、沙漠开始的地方。但她仍然没有停下，她带着那件装满金条的坎肩，跑向那干燥的风的尽头，跑向比那永远不会落山的太阳更远的地方，从此再也没有人听到过她的消息，找到过她苦难人生的一丝痕迹。

一九七二年

图书在版编目（CIP）数据

世上最美的溺水者 / （哥伦）加西亚·马尔克斯著；陶玉平译. -- 2版. -- 海口：南海出版公司，2025.1.
ISBN 978-7-5735-1043-3

Ⅰ. I775.45

中国国家版本馆CIP数据核字第2024XS1587号

世上最美的溺水者
〔哥伦比亚〕加西亚·马尔克斯 著
陶玉平 译

出　　版	南海出版公司　（0898）66568511
	海口市海秀中路51号星华大厦五楼　邮编 570206
发　　行	新经典发行有限公司
	电话(010)68423599　邮箱 editor@readinglife.com
经　　销	新华书店
责任编辑	侯明明
特邀编辑	张　典　张梦君　刘丛琪
营销编辑	梁圣煊　游艳青
装帧设计	韩　笑
内文制作	张　典
印　　刷	北京盛通印刷股份有限公司
开　　本	850毫米×1168毫米　1/32
印　　张	6
字　　数	89千
版　　次	2015年11月第1版　2025年1月第2版
印　　次	2025年3月第2次印刷
书　　号	ISBN 978-7-5735-1043-3
定　　价	49.00元

版权所有，侵权必究
如有印装质量问题，请发邮件至 zhiliang@readinglife.com

著作权合同登记号　图字：30—2012—065

LA INCREÍBLE Y TRISTE HISTORIA DE LA CÁNDIDA ERÉNDIRA Y DE SU ABUELA DESALMADA
© Gabriel García Márquez, 1972, and Heirs of Gabriel García Márquez.
All Rights Reserved.